Atala

Dans la même série (extrait)

Premier amour, Librio n° 17
Les Forceurs de blocus, Librio n° 66
Le Château des Carpathes, Librio n° 171
Les Indes noires, Librio n° 277
Une ville flottante, Librio n° 346
Le Chef-d'Œuvre inconnu, Librio n° 924
Les Révoltés de la Bounty, Librio n° 1054
La Fille aux yeux d'or, Librio n° 1056
La Femme abandonnée, Librio n° 1058
Le Tour du monde en 80 jours, Librio n° 1059
Le Vigneron dans sa vigne, Librio n° 1060
Maud-Evelyn, Librio n° 1061
Contes des mille et un matins, Librio n° 1062
Voyage au pays des Houyhnhnms, Librio n° 1063

François-René de Chateaubriand

Atala

suivi de

René

Texte intégral

Atala
ou
les Amours de deux sauvages dans le désert

1801

Prologue

La France possédait autrefois, dans l'Amérique septentrionale, un vaste empire qui s'étendait depuis le Labrador jusqu'aux Florides, et depuis les rivages de l'Atlantique jusqu'aux lacs les plus reculés du haut Canada.

Quatre grands fleuves, ayant leurs sources dans les mêmes montagnes, divisaient ces régions immenses : le fleuve Saint-Laurent qui se perd à l'est dans le golfe de son nom, la rivière de l'Ouest qui porte ses eaux à des mers inconnues, le fleuve Bourbon qui se précipite du midi au nord dans la baie d'Hudson, et le Meschacebé* qui tombe du nord au midi dans le golfe du Mexique.

Ce dernier fleuve, dans un cours de plus de mille lieues, arrose une délicieuse contrée que les habitants des États-Unis appellent le *nouvel Éden*, et à laquelle les Français ont laissé le doux nom de *Louisiane*. Mille autres fleuves, tributaires du Meschacebé, le Missouri, l'Illinois, l'Akanza, l'Ohio, le Wabache, le Tenase, l'engraissent de leur limon et la fertilisent de leurs eaux. Quand tous ces fleuves se sont gonflés des déluges de l'hiver ; quand les tempêtes ont abattu des pans entiers de forêts, les arbres déracinés s'assemblent sur les sources. Bientôt les vases les cimentent, les lianes les enchaînent, et des plantes y prenant racine de toutes parts, achèvent de consolider ces débris. Charriés par les vagues écumantes, ils descendent au Meschacebé. Le fleuve s'en empare, les pousse au golfe Mexicain, les échoue sur des bancs de sable et accroît ainsi le nombre de ses embouchures. Par intervalles, il élève sa voix, en passant sous les monts, et répand ses eaux débordées autour des colonnades des forêts et des pyramides des tombeaux indiens ; c'est le Nil des déserts. Mais la grâce est toujours unie à la magnificence dans les scènes de la nature : tandis que

* Vrai nom du Mississippi ou Meschassipi. (Toutes les notes sont de Chateaubriand.)

le courant du milieu entraîne vers la mer les cadavres des pins et des chênes, on voit sur les deux courants latéraux remonter le long des rivages, des îles flottantes de pistia et de nénuphar, dont les roses jaunes s'élèvent comme de petits pavillons. Des serpents verts, des hérons bleus, des flamants roses, de jeunes crocodiles s'embarquent, passagers sur ces vaisseaux de fleurs, et la colonie, déployant au vent ses voiles d'or, va aborder endormie dans quelque anse retirée du fleuve.

Les deux rives du Meschacebé présentent le tableau le plus extraordinaire. Sur le bord occidental, des savanes se déroulent à perte de vue; leurs flots de verdure, en s'éloignant, semblent monter dans l'azur du ciel où ils s'évanouissent. On voit dans ces prairies sans bornes errer à l'aventure des troupeaux de trois ou quatre mille buffles sauvages. Quelquefois un bison chargé d'années, fendant les flots à la nage, se vient coucher parmi de hautes herbes, dans une île du Meschacebé. À son front orné de deux croissants, à sa barbe antique et limoneuse, vous le prendriez pour le dieu du fleuve, qui jette un œil satisfait sur la grandeur de ses ondes, et la sauvage abondance de ses rives.

Telle est la scène sur le bord occidental; mais elle change sur le bord opposé, et forme avec la première un admirable contraste. Suspendus sur les cours des eaux, groupés sur les rochers et sur les montagnes, dispersés dans les vallées, des arbres de toutes les formes, de toutes les couleurs, de tous les parfums, se mêlent, croissent ensemble, montent dans les airs à des hauteurs qui fatiguent les regards. Les vignes sauvages, les bignonias, les coloquintes, s'entrelacent au pied de ces arbres, escaladent leurs rameaux, grimpent à l'extrémité des branches, s'élancent de l'érable au tulipier, du tulipier à l'alcée, en formant mille grottes, mille voûtes, mille portiques. Souvent égarées d'arbre en arbre, ces lianes traversent des bras de rivières, sur lesquels elles jettent des ponts de fleurs. Du sein de ces massifs, le magnolia élève son cône immobile; surmonté de ses larges roses blanches, il domine toute la forêt, et n'a d'autre rival que le palmier, qui balance légèrement auprès de lui ses éventails de verdure.

Une multitude d'animaux placés dans ces retraites par la main du Créateur y répandent l'enchantement et la vie. De l'extrémité des avenues, on aperçoit des ours enivrés de raisins, qui chancellent sur les branches des ormeaux; des caribous se baignent dans un lac; des écureuils noirs se jouent dans l'épaisseur des feuillages; des oiseaux-moqueurs, des colombes de Virginie de la grosseur d'un passereau, descendent sur les gazons rougis par les fraises; des perroquets verts à tête jaune, des piverts empourprés, des cardinaux de feu, grimpent en circulant au haut des cyprès; des colibris étincellent sur le jasmin des Florides, et des serpents-oiseleurs sifflent suspendus aux dômes des bois, en s'y balançant comme des lianes.

Si tout est silence et repos dans les savanes de l'autre côté du fleuve, tout ici, au contraire, est mouvement et murmure: des coups de bec contre le tronc des chênes, des froissements d'animaux qui marchent, broutent ou broient entre leurs dents les noyaux des fruits, des bruissements d'ondes, de faibles gémissements, de sourds meuglements, de doux roucoulements, remplissent ces déserts d'une tendre et sauvage harmonie. Mais quand une brise vient à animer ces solitudes, à balancer ces corps flottants, à confondre ces masses de blanc, d'azur, de vert, de rose, à mêler toutes les couleurs, à réunir tous les murmures; alors il sort de tels bruits du fond des forêts, il se passe de telles choses aux yeux, que j'essaierais en vain de les décrire à ceux qui n'ont point parcouru ces champs primitifs de la nature.

Après la découverte du Meschacebé par le père Marquette et l'infortuné La Salle, les premiers Français qui s'établirent au Biloxi et à la Nouvelle-Orléans firent alliance avec les Natchez, nation Indienne, dont la puissance était redoutable dans ces contrées. Des querelles et des jalousies ensanglantèrent dans la suite la terre de l'hospitalité. Il y avait parmi ces Sauvages un vieillard nommé Chactas*, qui, par son âge, sa sagesse, et sa science dans les choses de la vie, était le patriarche et l'amour des déserts. Comme tous les hommes, il avait acheté la vertu par l'infortune. Non seulement les forêts du Nouveau-Monde furent remplies de ses malheurs, mais il les porta jusque sur les rivages de la France. Retenu aux galères à Marseille par une cruelle injustice, rendu à la liberté, présenté à Louis XIV, il avait conversé avec les grands hommes de ce siècle, et assisté aux fêtes de Versailles, aux tragédies de Racine, aux oraisons funèbres de Bossuet: en un mot, le Sauvage avait contemplé la société à son plus haut point de splendeur.

Depuis plusieurs années, rentré dans le sein de sa patrie, Chactas jouissait du repos. Toutefois le ciel lui vendait encore

---

* La voix harmonieuse.

cher cette faveur ; le vieillard était devenu aveugle. Une jeune fille l'accompagnait sur les coteaux du Meschacebé, comme Antigone guidait les pas d'Œdipe sur le Cythéron, ou comme Malvina conduisait Ossian sur les rochers de Morven.

Malgré les nombreuses injustices que Chactas avait éprouvées de la part des Français, il les aimait. Il se souvenait toujours de Fénelon, dont il avait été l'hôte, et désirait pouvoir rendre quelque service aux compatriotes de cet homme vertueux. Il s'en présenta une occasion favorable. En 1725, un Français, nommé René, poussé par des passions et des malheurs, arriva à la Louisiane. Il remonta le Meschacebé jusqu'aux Natchez, et demanda à être reçu guerrier de cette nation. Chactas l'ayant interrogé, et le trouvant inébranlable dans sa résolution, l'adopta pour fils, et lui donna pour épouse une Indienne, appelée Céluta. Peu de temps après ce mariage, les Sauvages se préparèrent à la chasse du castor.

Chactas, quoique aveugle, est désigné par le conseil des Sachems* pour commander l'expédition, à cause du respect que les tribus indiennes lui portaient. Les prières et les jeûnes commencent : les jongleurs interprètent les songes ; on consulte les Manitous ; on fait des sacrifices de petun ; on brûle des filets de langue d'orignal ; on examine s'ils pétillent dans la flamme, afin de découvrir la volonté des Génies ; on part enfin, après avoir mangé le chien sacré. René est de la troupe. À l'aide des contre-courants, les pirogues remontent le Meschacebé, et entrent dans le lit de l'Ohio. C'est en automne. Les magnifiques déserts du Kentucky se déploient aux yeux étonnés du jeune Français. Une nuit, à la clarté de la lune, tandis que tous les Natchez dorment au fond de leurs pirogues, et que la flotte indienne, élevant ses voiles de peaux de bêtes, fuit devant une légère brise, René, demeuré seul avec Chactas, lui demande le récit de ses aventures. Le vieillard consent à le satisfaire, et assis avec lui sur la poupe de la pirogue, il commence en ces mots :

---

* Vieillards ou conseillers.

Récit

Les chasseurs

« C'est une singulière destinée, mon cher fils, que celle qui nous réunit. Je vois en toi l'homme civilisé qui s'est fait sauvage ; tu vois en moi l'homme sauvage, que le grand Esprit (j'ignore pour quel dessein) a voulu civiliser. Entrés l'un et l'autre dans la carrière de la vie par les deux bouts opposés, tu es venu te reposer à ma place, et j'ai été m'asseoir à la tienne : ainsi nous avons dû avoir des objets une vue totalement différente. Qui, de toi ou de moi, a le plus gagné ou le plus perdu à ce changement de position ? C'est ce que savent les Génies, dont le moins savant a plus de sagesse que tous les hommes ensemble.

« À la prochaine lune des fleurs*, il y aura sept fois dix neiges, et trois neiges de plus**, que ma mère me mit au monde sur les bords du Meschacebé. Les Espagnols s'étaient depuis peu établis dans la baie de Pensacola, mais aucun blanc n'habitait encore la Louisiane. Je comptais à peine dix-sept chutes de feuilles, lorsque je marchai avec mon père, le guerrier Outalissi, contre les Muscogulges, nation puissante des Florides. Nous nous joignîmes aux Espagnols nos alliés, et le combat se donna sur une des branches de la Maubile. Areskoui*** et les Manitous ne nous furent pas favorables. Les ennemis triomphèrent ; mon père perdit la vie ; je fus blessé deux fois en le défendant. Oh ! que ne descendis-je alors dans le pays des âmes**** ! j'aurais évité les malheurs qui

* Mois de mai.
** Neige pour année, 73 ans.
*** Dieu de la guerre.
**** Les enfers.

m'attendaient sur la terre. Les Esprits en ordonnèrent autrement : je fus entraîné par les fuyards à Saint-Augustin.

« Dans cette ville, nouvellement bâtie par les Espagnols, je courais le risque d'être enlevé pour les mines de Mexico, lorsqu'un vieux Castillan, nommé Lopez, touché de ma jeunesse et de ma simplicité, m'offrit un asile, et me présenta à une sœur avec laquelle il vivait sans épouse.

« Tous les deux prirent pour moi les sentiments les plus tendres. On m'éleva avec beaucoup de soin, on me donna toutes sortes de maîtres. Mais après avoir passé trente lunes à Saint-Augustin, je fus saisi du dégoût de la vie des cités. Je dépérissais à vue d'œil : tantôt je demeurais immobile pendant des heures, à contempler la cime des lointaines forêts ; tantôt on me trouvait assis au bord d'un fleuve, que je regardais tristement couler. Je me peignais les bois à travers lesquels cette onde avait passé, et mon âme était tout entière à la solitude.

« Ne pouvant plus résister à l'envie de retourner au désert, un matin je me présentai à Lopez, vêtu de mes habits de Sauvage, tenant d'une main mon arc et mes flèches, et de l'autre mes vêtements européens. Je les remis à mon généreux protecteur, aux pieds duquel je tombai, en versant des torrents de larmes. Je me donnai des noms odieux, je m'accusai d'ingratitude : "Mais enfin, lui dis-je, ô mon père, tu le vois toi-même : je meurs, si je ne reprends la vie de l'Indien."

« Lopez, frappé d'étonnement, voulut me détourner de mon dessein. Il me représenta les dangers que j'allais courir, en m'exposant à tomber de nouveau entre les mains des Muscogulges. Mais voyant que j'étais résolu à tout entreprendre, fondant en pleurs, et me serrant dans ses bras : "Va, s'écria-t-il, enfant de la nature ! reprends cette indépendance de l'homme, que Lopez ne te veut point ravir. Si j'étais plus jeune moi-même, je t'accompagnerais au désert (où j'ai aussi de doux souvenirs !) et je te remettrais dans les bras de ta mère. Quand tu seras dans tes forêts, songe quelquefois à ce vieil Espagnol qui te donna l'hospitalité, et rappelle-toi, pour te porter à l'amour de tes semblables, que la première expérience que tu as faite du cœur humain, a été toute en sa faveur." Lopez finit par une prière au Dieu des chrétiens, dont j'avais refusé d'embrasser le culte, et nous nous quittâmes avec des sanglots.

« Je ne tardai pas à être puni de mon ingratitude. Mon inexpérience m'égara dans les bois, et je fus pris par un parti de

Muscogulges et de Siminoles, comme Lopez me l'avait prédit. Je fus reconnu pour Natchez, à mon vêtement et aux plumes qui ornaient ma tête. On m'enchaîna, mais légèrement, à cause de ma jeunesse. Simaghan, le chef de la troupe, voulut savoir mon nom, je répondis: "Je m'appelle Chactas, fils d'Outalissi, fils de Miscou, qui ont enlevé plus de cent chevelures aux héros muscogulges." Simaghan me dit: "Chactas, fils d'Outalissi, fils de Miscou, réjouis-toi; tu seras brûlé au grand village." Je repartis: "Voilà qui va bien"; et j'entonnai ma chanson de mort.

«Tout prisonnier que j'étais, je ne pouvais, durant les premiers jours, m'empêcher d'admirer mes ennemis. Le Muscogulge, et surtout son allié le Siminole, respire la gaieté, l'amour, le contentement. Sa démarche est légère, son abord ouvert et serein. Il parle beaucoup et avec volubilité; son langage est harmonieux et facile. L'âge même ne peut ravir aux Sachems cette simplicité joyeuse: comme les vieux oiseaux de nos bois, ils mêlent encore leurs vieilles chansons aux airs nouveaux de leur jeune postérité.

«Les femmes qui accompagnaient la troupe témoignaient pour ma jeunesse une pitié tendre et une curiosité aimable. Elles me questionnaient sur ma mère, sur les premiers jours de ma vie; elles voulaient savoir si l'on suspendait mon berceau de mousse aux branches fleuries des érables, si les brises m'y balançaient, auprès du nid des petits oiseaux. C'était ensuite mille autres questions sur l'état de mon cœur: elles me demandaient si j'avais vu une biche blanche dans mes songes, et si les arbres de la vallée secrète m'avaient conseillé d'aimer. Je répondais avec naïveté aux mères, aux filles et aux épouses des hommes. Je leur disais: "Vous êtes les grâces du jour, et la nuit vous aime comme la rosée. L'homme sort de votre sein pour se suspendre à votre mamelle et à votre bouche; vous savez des paroles magiques qui endorment toutes les douleurs. Voilà ce que m'a dit celle qui m'a mis au monde, et qui ne me reverra plus! Elle m'a dit encore que les vierges étaient des fleurs mystérieuses qu'on trouve dans les lieux solitaires."

«Ces louanges faisaient beaucoup de plaisir aux femmes; elles me comblaient de toute sorte de dons; elles m'apportaient de la crème de noix, du sucre d'érable, de la sagamité*, des jambons d'ours, des peaux de castors, des coquillages pour me parer, et des mousses pour ma couche. Elles chantaient, elles riaient avec moi,

* Sorte de pâte de maïs.

et puis elles se prenaient à verser des larmes, en songeant que je serais brûlé.

« Une nuit que les Muscogulges avaient placé leur camp sur le bord d'une forêt, j'étais assis auprès du *feu de la guerre*, avec le chasseur commis à ma garde. Tout à coup j'entendis le murmure d'un vêtement sur l'herbe, et une femme à demi voilée vint s'asseoir à mes côtés. Des pleurs roulaient sous sa paupière ; à la lueur du feu un petit crucifix d'or brillait sur son sein. Elle était régulièrement belle ; l'on remarquait sur son visage je ne sais quoi de vertueux et de passionné, dont l'attrait était irrésistible. Elle joignait à cela des grâces plus tendres ; une extrême sensibilité, unie à une mélancolie profonde, respirait dans ses regards ; son sourire était céleste.

« Je crus que c'était la *Vierge des dernières amours*, cette vierge qu'on envoie au prisonnier de guerre pour enchanter sa tombe. Dans cette persuasion, je lui dis en balbutiant, et avec un trouble qui pourtant ne venait pas de la crainte du bûcher : "Vierge, vous êtes digne des premières amours, et vous n'êtes pas faite pour les dernières. Les mouvements d'un cœur qui va bientôt cesser de battre, répondraient mal aux mouvements du vôtre. Comment mêler la mort et la vie ? Vous me feriez trop regretter le jour. Qu'un autre soit plus heureux que moi, et que de longs embrassements unissent la liane et le chaîne !"

« La jeune fille me dit alors : "Je ne suis point la *Vierge des dernières amours*. Es-tu chrétien ?" Je répondis que je n'avais point trahi les Génies de ma cabane. À ces mots, l'Indienne fit un mouvement involontaire. Elle me dit : "Je te plains de n'être qu'un méchant idolâtre. Ma mère m'a fait chrétienne ; je me nomme Atala, fille de Simaghan aux bracelets d'or, et chef des guerriers de cette troupe. Nous nous rendons à Apalachucla où tu seras brûlé." En prononçant ces mots, Atala se lève et s'éloigne. »

Ici Chactas fut contraint d'interrompre son récit. Les souvenirs se pressèrent en foule dans son âme ; ses yeux éteints inondèrent de larmes ses joues flétries : telles deux sources, cachées dans la profonde nuit de la terre, se décèlent par les eaux qu'elles laissent filtrer entre les rochers.

« Ô mon fils, reprit-il enfin, tu vois que Chactas est bien peu sage, malgré sa renommée de sagesse. Hélas, mon cher enfant, les hommes ne peuvent déjà plus voir, qu'ils peuvent encore pleurer ! Plusieurs jours s'écoulèrent ; la fille du Sachem revenait chaque soir me parler. Le sommeil avait fui de mes yeux, et Atala était dans mon cœur, comme le souvenir de la couche de mes pères.

«Le dix-septième jour de marche, vers le temps où l'éphémère sort des eaux, nous entrâmes sur la grande savane Alachua. Elle est environnée de coteaux, qui, fuyant les uns derrière les autres, portent, en s'élevant jusqu'aux nues, des forêts étagées de copalmes, de citronniers, de magnolias et de chênes verts. Le chef poussa le cri d'arrivée, et la troupe campa au pied des collines. On me relégua à quelque distance, au bord d'un de ces *puits naturels*, si fameux dans les Florides. J'étais attaché au pied d'un arbre; un guerrier veillait impatiemment auprès de moi. J'avais à peine passé quelques instants dans ce lieu, qu'Atala parut sous les liquidambars de la fontaine. "Chasseur, dit-elle au héros muscogulge, si tu veux poursuivre le chevreuil, je garderai le prisonnier." Le guerrier bondit de joie à cette parole de la fille du chef; il s'élance du sommet de la colline et allonge ses pas dans la plaine.

«Étrange contradiction du cœur de l'homme! Moi qui avais tant désiré de dire les choses du mystère à celle que j'aimais déjà comme le soleil, maintenant interdit et confus, je crois que j'eusse préféré d'être jeté aux crocodiles de la fontaine, à me trouver seul ainsi avec Atala. La fille du désert était aussi troublée que son prisonnier; nous gardions un profond silence; les Génies de l'amour avaient dérobé nos paroles. Enfin, Atala, faisant un effort, dit ceci: "Guerrier, vous êtes retenu bien faiblement; vous pouvez aisément vous échapper." À ces mots, la hardiesse revint sur ma langue, je répondis: "Faiblement retenu, ô femme...!" Je ne sus comment achever. Atala hésita quelques moments; puis elle dit: "Sauvez-vous." Et elle me détacha du tronc de l'arbre. Je saisis la corde; je la remis dans la main de la fille étrangère, en forçant ses beaux doigts à se fermer sur ma chaîne. "Reprenez-la! reprenez-la!" m'écriai-je. "Vous êtes un insensé", dit Atala d'une voix émue. Malheureux! ne sais-tu pas que tu seras brûlé? Que prétends-tu? Songes-tu bien que je suis la fille d'un redoutable Sachem? — Il fut un temps, répliquai-je avec des larmes, que j'étais aussi porté dans une peau de castor, aux épaules d'une mère. Mon père avait aussi une belle hutte, et ses chevreuils buvaient les eaux de mille torrents; mais j'erre maintenant sans patrie. Quand je ne serai plus, aucun ami ne mettra un peu d'herbe sur mon corps, pour le garantir des mouches. Le corps d'un étranger malheureux n'intéresse personne."

«Ces mots attendrirent Atala. Ses larmes tombèrent dans la fontaine. "Ah! repris-je avec vivacité, si votre cœur parlait comme le mien! Le désert n'est-il pas libre? Les forêts n'ont-elles point de replis où nous cacher? Faut-il donc, pour être heureux, tant de choses aux enfants des cabanes! Ô fille plus belle que le premier songe de l'époux! Ô ma bien-aimée! ose suivre mes pas." Telles furent mes paroles. Atala me répondit d'une voix tendre: "Mon jeune ami, vous avez appris le langage des blancs, il est aisé de tromper une Indienne. — Quoi! m'écrirai-je, vous m'appelez votre jeune ami! Ah! si un pauvre esclave..." — Eh bien! dit-elle, en se penchant sur moi, un pauvre esclave... Je repris avec ardeur: "Qu'un baiser l'assure de ta foi!" Atala écouta ma prière. Comme un faon semble pendre aux fleurs de lianes roses, qu'il saisit de sa langue délicate dans l'escarpement de la montagne, ainsi je restai suspendu aux lèvres de ma bien-aimée.

«Hélas! mon cher fils, la douleur touche de près au plaisir. Qui eût pu croire que le moment où Atala me donnait le premier gage de son amour, serait celui-là même où elle détruirait mes espérances? Cheveux blanchis du vieux Chactas, quel fut votre étonnement, lorsque la fille de Sachem prononça ces paroles! "Beau prisonnier, j'ai follement cédé à ton désir; mais où nous conduira cette passion? Ma religion me sépare de toi pour toujours... Ô ma mère! qu'as-tu fait?..." Atala se tut tout à coup, et retint je ne sus quel fatal secret près d'échapper à ses lèvres. Ses paroles me plongèrent dans le désespoir. "Eh bien! m'écriai-je, je serai aussi cruel que vous; je ne fuirai point. Vous me verrez dans le cadre de feu; vous entendrez les gémissements de ma chair, et vous serez pleine de joie." Atala saisit mes mains entre les deux siennes. "Pauvre jeune idolâtre, s'écria-t-elle, tu me fais réellement pitié! Tu veux donc que je pleure tout mon cœur? Quel dommage que je ne puisse fuir avec toi! Malheureux a été le ventre de ta mère, ô Atala! Que ne te jettes-tu au crocodile de la fontaine!"

«Dans ce moment même, les crocodiles, aux approches du coucher du soleil, commençaient à faire entendre leurs rugissements. Atala me dit: "Quittons ces lieux." J'entraînai la fille de Simaghan aux pieds des coteaux qui formaient des golfes de verdure, en avançant leurs promontoires dans la savane. Tout était calme et superbe au désert. La cigogne criait sur son nid, les bois retentissaient du chant monotone des cailles, du sifflement des perruches, du mugissement des bisons et du hennissement des cavales siminoles.

« Notre promenade fut presque muette. Je marchais à côté d'Atala ; elle tenait le bout de la corde, que je l'avais forcée de reprendre. Quelquefois nous versions des pleurs ; quelquefois nous essayions de sourire. Un regard, tantôt levé vers le ciel, tantôt attaché à la terre, une oreille attentive au chant de l'oiseau, un geste vers le soleil couchant, une main tendrement serrée, un sein tour à tour palpitant, tour à tour tranquille, les noms des Chactas et d'Atala doucement répétés par intervalle... Oh ! première promenade de l'amour, il faut que votre souvenir soit bien puissant, puisqu'après tant d'années d'infortune, vous remuez encore le cœur du vieux Chactas !

« Qu'ils sont incompréhensibles les mortels agités par les passions ! Je venais d'abandonner le généreux Lopez, je venais de m'exposer à tous les dangers pour être libre ; dans un instant le regard d'une femme avait changé mes goûts, mes résolutions, mes pensées ! Oubliant mon pays, ma mère, ma cabane et la mort affreuse qui m'attendait, j'étais devenu indifférent à tout ce qui n'était pas Atala ! Sans force pour m'élever à la raison de l'homme, j'étais retombé tout à coup dans une espèce d'enfance ; et loin de pouvoir rien faire pour me soustraire aux maux qui m'attendaient, j'aurais eu presque besoin qu'on s'occupât de mon sommeil et de ma nourriture !

« Ce fut donc vainement qu'après nos courses dans la savane, Atala, se jetant à mes genoux, m'invita de nouveau à la quitter. Je lui protestai que je retournerais seul au camp, si elle refusait de me rattacher au pied de mon arbre. Elle fut obligée de me satisfaire, espérant me convaincre une autre fois.

« Le lendemain de cette journée, qui décida du destin de ma vie, on s'arrêta dans une vallée, non loin de Cuscowilla, capitale des Siminoles. Ces Indiens, unis aux Muscogulges, forment avec eux la confédération des Creeks. La fille du pays des palmiers vint me trouver au milieu de la nuit. Elle me conduisit dans une grande forêt de pins, et renouvela ses prières pour m'engager à la fuite. Sans lui répondre, je pris sa main dans ma main, et je forçai cette biche altérée d'errer avec moi dans la forêt. La nuit était délicieuse. Le Génie des airs secouait sa chevelure bleue, embaumée de la senteur des pins, et l'on respirait la faible odeur d'ambre qu'exhalaient les crocodiles couchés sous les tamarins des fleuves. La lune brillait au milieu d'un azur sans tache, et sa lumière gris de perle descendait sur la cime indéterminée des forêts. Aucun bruit ne se faisait entendre, hors je ne sais quelle harmonie lointaine qui régnait dans la profondeur des bois : on eût dit que l'âme de la solitude soupirait dans toute l'étendue du désert.

« Nous aperçûmes à travers les arbres un jeune homme, qui, tenant à la main un flambeau, ressemblait au Génie du printemps, parcourant les forêts pour ranimer la nature. C'était un amant qui allait s'instruire de son sort à la cabane de sa maîtresse.

« Si la vierge éteint le flambeau, elle accepte les vœux offerts ; si elle se voile sans l'éteindre, elle rejette un époux.

« Le guerrier, en se glissant dans les ombres, chantait à demi-voix ces paroles :

“Je devancerai les pas du jour sur le sommet des montagnes, pour chercher ma colombe solitaire parmi les chênes de la forêt.

“J'ai attaché à son cou un collier de porcelaines* ; on y voit trois grains rouges pour mon amour, trois violets pour mes craintes, trois bleus pour mes espérances.

“Mila a les yeux d'une hermine et la chevelure légère d'un champ de riz ; sa bouche est un coquillage rose, garni de perles ; ses deux seins sont comme deux petits chevreaux sans tache, nés au même jour d'une seule mère.

“Puisse Mila éteindre ce flambeau ! Puisse sa bouche verser sur lui une ombre voluptueuse ! Je fertiliserai son sein. L'espoir de la patrie pendra à sa mamelle féconde, et je fumerai mon calumet de paix sur le berceau de mon fils !

“Ah ! laissez-moi devancer les pas du jour sur le sommet des montagnes, pour chercher ma colombe solitaire parmi les chênes de la forêt !”

« Ainsi chantait ce jeune homme, dont les accents portèrent le trouble jusqu'au fond de mon âme, et firent changer de visage à Atala. Nos mains unies frémirent l'une dans l'autre. Mais nous fûmes distraits de cette scène, par une scène non moins dangereuse pour nous.

« Nous passâmes auprès du tombeau d'un enfant, qui servait de limite à deux nations. On l'avait placé au bord du chemin, selon l'usage, afin que les jeunes femmes, en allant à la fontaine, pussent attirer dans leur sein l'âme de l'innocente créature, et la rendre à la patrie. On y voyait dans ce moment des épouses

* Sorte de coquillage.

nouvelles qui, désirant les douceurs de la maternité, cherchaient, en entrouvrant leurs lèvres, à recueillir l'âme du petit enfant, qu'elles croyaient voir errer sur les fleurs. La véritable mère vint ensuite déposer une gerbe de maïs et des fleurs de lis blancs sur le tombeau. Elle arrosa la terre de son lait, s'assit sur le gazon humide, et parla à son enfant d'une voix attendrie :

"Pourquoi te pleuré-je dans ton berceau de terre, ô mon nouveau-né ? Quand le petit oiseau devient grand, il faut qu'il cherche sa nourriture, et il trouve dans le désert bien des graines amères. Du moins tu as ignoré les pleurs ; du moins ton cœur n'a point été exposé au souffle dévorant des hommes. Le bouton qui sèche dans son enveloppe, passe avec tous ses parfums, comme toi, ô mon fils ! avec toute ton innocence. Heureux ceux qui meurent au berceau, ils n'ont connu que les baisers et les souris d'une mère !"

« Déjà subjugués par notre propre cœur, nous fûmes accablés par ces images d'amour et de maternité, qui semblaient nous poursuivre dans ces solitudes enchantées. J'emportai Atala dans mes bras au fond de la forêt, et je lui dis des choses qu'aujourd'hui je chercherais en vain sur mes lèvres. Le vent du midi, mon cher fils, perd sa chaleur en passant sur des montagnes de glace. Les souvenirs de l'amour dans le cœur d'un vieillard sont les feux du jour réfléchis par l'orbe paisible de la lune, lorsque le soleil est couché et que le silence plane sur les huttes des Sauvages.

« Qui pouvait sauver Atala ? Qui pouvait l'empêcher de succomber à la nature ? Rien qu'un miracle, sans doute ; et ce miracle fut fait ! La fille de Simaghan eut recours au Dieu des chrétiens ; elle se précipita sur la terre, et prononça une fervente oraison, adressée à sa mère et à la reine des vierges. C'est de ce moment, ô René, que j'ai conçu une merveilleuse idée de cette religion qui, dans les forêts, au milieu de toutes les privations de la vie, peut remplir de mille dons les infortunés ; de cette religion qui, opposant sa puissance au torrent des passions, suffit seule pour les vaincre, lorsque tout les favorise, et le secret des bois, et l'absence des hommes, et la fidélité des ombres. Ah ! qu'elle me parut divine, la simple Sauvage, l'ignorante Atala, qui à genoux devant un vieux pin tombé, comme au pied d'un autel, offrait à son Dieu des vœux pour un amant idolâtre ! Ses yeux levés vers l'astre de la nuit, ses joues brillantes des pleurs de la religion et de l'amour, étaient d'une beauté immortelle. Plusieurs fois il me sembla qu'elle allait prendre son vol vers les cieux ; plusieurs fois je crus voir descendre sur les rayons de la lune et entendre dans les branches des arbres, ces Génies que le Dieu des chrétiens envoie aux ermites des rochers, lorsqu'il se dispose à les rappeler à lui. J'en fus affligé, car je craignis qu'Atala n'eût que peu de temps à passer sur la terre.

« Cependant elle versa tant de larmes, elle se montra si malheureuse, que j'allais peut-être consentir à m'éloigner, lorsque le cri de mort retentit dans la forêt. Quatre hommes armés se précipitent sur moi : nous avions été découverts ; le chef de guerre avait donné l'ordre de nous poursuivre.

« Atala, qui ressemblait à une reine pour l'orgueil de la démarche, dédaigna de parler à ces guerriers. Elle leur lança un regard superbe, et se rendit auprès de Simaghan.

« Elle ne put rien obtenir. On redoubla mes gardes, on multiplia mes chaînes, on écarta mon amante. Cinq nuits s'écoulent, et nous apercevons Apalachucla située au bord de la rivière Chata-Uche. Aussitôt on me couronne de fleurs ; on me peint le visage d'azur et de vermillon ; on m'attache des perles au nez et aux oreilles, et l'on me met à la main un chichikoué*.

« Ainsi paré pour le sacrifice, j'entre dans Apalachucla, aux cris répétés de la foule. C'en était fait de ma vie, quand tout à coup le bruit d'une conque se fait entendre, et le Mico, ou chef de la nation, ordonne de s'assembler.

« Tu connais, mon fils, les tourments que les Sauvages font subir aux prisonniers de guerre. Les missionnaires chrétiens, aux périls de leurs jours, et avec une charité infatigable, étaient parvenus, chez plusieurs nations, à faire substituer un esclavage assez doux aux horreurs du bûcher. Les Muscogulges n'avaient point encore adopté cette coutume ; mais un parti nombreux s'était déclaré en sa faveur. C'était pour prononcer sur cette importante affaire que le Mico convoquait les Sachems. On me conduit au lieu des délibérations.

« Non loin d'Apalachucla s'élevait, sur un tertre isolé, le pavillon du conseil. Trois cercles de colonnes formaient l'élégante architecture de cette rotonde. Les colonnes étaient de cyprès poli et sculpté ; elles augmentaient en hauteur et en épaisseur, et diminuaient en nombre, à mesure qu'elles se rapprochaient du centre marqué par un pilier unique. Du sommet de ce pilier partaient des

* Instrument de musique des Sauvages.

bandes d'écorce, qui, passant sur le sommet des autres colonnes, couvraient le pavillon, en forme d'éventail à jour.

«Le conseil s'assemble. Cinquante vieillards, en manteau de castor, se rangent sur des espèces de gradins faisant face à la porte du pavillon. Le grand chef est assis au milieu d'eux, tenant à la main le calumet de paix à demi coloré pour la guerre. À la droite des vieillards, se placent cinquante femmes couvertes d'une robe de plumes de cygnes. Les chefs de guerre, le tomahawk* à la main, le pennache en tête, les bras et la poitrine teints de sang, prennent la gauche.

«Au pied de la colonne centrale, brûle le feu du conseil. Le premier jongleur, environné des huit gardiens du temple, vêtu de longs habits, et portant un hibou empaillé sur la tête, verse du baume de copalme sur la flamme et offre un sacrifice au soleil. Ce triple rang de vieillards, de matrones, de guerriers, ces prêtres, ces nuages d'encens, ce sacrifice, tout sert à donner à ce conseil un appareil imposant.

«J'étais debout enchaîné au milieu de l'assemblée. Le sacrifice achevé, le Mico prend la parole, et expose avec simplicité l'affaire qui rassemble le conseil. Il jette un collier bleu dans la salle, en témoignage de ce qu'il vient de dire.

"Alors un Sachem de la tribu de l'Aigle se lève, et parle ainsi:

"Mon père le Mico, Sachems, matrones, guerriers des quatre tribus de l'Aigle, du Castor, du Serpent et de la Tortue, ne changeons rien aux mœurs de nos aïeux; brûlons le prisonnier, et n'amollissons point nos courages. C'est une coutume des blancs qu'on vous propose, elle ne peut être que pernicieuse. Donnez un collier rouge qui contienne mes paroles. J'ai dit."

«Et il jette un collier rouge dans l'assemblée.

«Une matrone se lève, et dit:

"Mon père l'Aigle, vous avez l'esprit d'un renard, et la prudente lenteur d'une tortue. Je veux polir avec vous la chaîne d'amitié, et nous planterons ensemble l'arbre de paix. Mais changeons les coutumes de nos aïeux, en ce qu'elles ont de funeste. Ayons des esclaves qui cultivent nos champs, et n'entendons plus les cris du prisonnier, qui troublent le sein des mères. J'ai dit."

«Comme on voit les flots de la mer se briser pendant un orage, comme en automne les feuilles séchées sont enlevées par

---

* La hache.

un tourbillon, comme les roseaux du Meschacebé plient et se relèvent dans une inondation subite, comme un grand troupeau de cerfs brame au fond d'une forêt, ainsi s'agitait et murmurait le conseil. Des Sachems, des guerriers, des matrones parlent tour à tour ou tous ensemble. Les intérêts se choquent, les opinions se divisent, le conseil va se dissoudre ; mais enfin l'usage antique l'emporte, et je suis condamné au bûcher.

« Une circonstance vint retarder mon supplice ; la *Fête des morts* ou le *Festin des âmes* approchait. Il est d'usage de ne faire mourir aucun captif pendant les jours consacrés à cette cérémonie. On me confia à une garde sévère ; et sans doute les Sachems éloignèrent la fille de Simaghan, car je ne la revis plus.

« Cependant les nations de plus de trois cents lieues à la ronde arrivaient en foule pour célébrer le *Festin des âmes*. On avait bâti une longue hutte sur un site écarté. Au jour marqué, chaque cabane exhuma les restes de ses pères de leurs tombeaux particuliers, et l'on suspendit les squelettes, par ordre et par famille, aux murs de la *Salle commune des aïeux*. Les vents (une tempête s'était élevée), les forêts, les cataractes mugissaient au dehors, tandis que les vieillards des diverses nations concluaient entre eux des traités de paix et d'alliance sur les os de leurs pères.

« On célèbre les jeux funèbres, la course, la balle, les osselets. Deux vierges cherchent à s'arracher une baguette de saule. Les boutons de leurs seins viennent se toucher, leurs mains voltigent sur la baguette qu'elles élèvent au-dessus de leurs têtes. Leurs beaux pieds nus s'entrelacent, leurs bouches se rencontrent, leurs douces haleines se confondent ; elles se penchent et mêlent leurs chevelures ; elles regardent leurs mères, rougissent*: on applaudit. Le jongleur invoque Michabou, génie des eaux. Il raconte les guerres du grand Lièvre contre Matchimanitou, dieu du mal. Il dit le premier homme et Atahensic la première femme précipitée du ciel pour avoir perdu l'innocence, la terre rougie du sang fraternel, Jouskeka l'impie immolant le juste Tahouistsaron, le déluge descendant à la voix du grand Esprit, Massou sauvé seul dans son canot d'écorce, et le corbeau envoyé à la découverte de la terre ; il dit encore la belle Endaé, retirée de la contrée des âmes par les douces chansons de son époux.

---

* La rougeur est sensible chez les jeunes Sauvages.

« Après ces jeux et ces cantiques, on se prépare à donner aux aïeux une éternelle sépulture.

« Sur les bords de la rivière Chata-Uche se voyait un figuier sauvage, que le culte des peuples avait consacré. Les vierges avaient accoutumé de laver leurs robes d'écorce dans ce lieu et de les exposer au souffle du désert, sur les rameaux de l'arbre antique. C'était là qu'on avait creusé un immense tombeau. On part de la salle funèbre, en chantant l'hymne à la mort ; chaque famille porte quelque débris sacré. On arrive à la tombe ; on y descend les reliques ; on les y étend par couche ; on les sépare avec des peaux d'ours et de castors ; le mont du tombeau s'élève, et l'on y plante l'*Arbre des pleurs et du sommeil*.

« Plaignons les hommes, mon cher fils ! Ces mêmes Indiens dont les coutumes sont si touchantes ; ces mêmes femmes qui m'avaient témoigné un intérêt si tendre, demandaient maintenant mon supplice à grands cris ; et des nations entières retardaient leur départ, pour avoir le plaisir de voir un jeune homme souffrir des tourments épouvantables.

« Dans une vallée au nord, à quelque distance du grand village, s'élevait un bois de cyprès et de sapins, appelé le *Bois du sang*. On y arrivait par les ruines d'un de ces monuments dont on ignore l'origine, et qui sont l'ouvrage d'un peuple maintenant inconnu. Au centre de ce bois, s'étendait une arène, où l'on sacrifiait les prisonniers de guerre. On m'y conduit en triomphe. Tout se prépare pour ma mort : on plante le poteau d'Areskoui ; les pins, les ormes, les cyprès tombent sous la cognée ; le bûcher s'élève ; les spectateurs bâtissent des amphithéâtres avec des branches et des troncs d'arbres. Chacun invente un supplice : l'un se propose de m'arracher la peau du crâne, l'autre de me brûler les yeux avec des haches ardentes. Je commence ma chanson de mort.

« Je ne crains point les tourments : je suis brave, ô Muscogulges, je vous défie ! je vous méprise plus que des femmes. Mon père Outalissi, fils de Miscou, a bu dans le crâne de vos plus fameux guerriers ; vous n'arracherez pas un soupir de mon cœur.

« Provoqué par ma chanson, un guerrier me perça le bras d'une flèche ; je dis : "Frère, je te remercie".

« Malgré l'activité des bourreaux, les préparatifs du supplice ne purent être achevés avant le coucher du soleil. On consulta le jongleur qui défendit de troubler les Génies des ombres, et ma mort fut encore suspendue jusqu'au lendemain. Mais dans l'impatience de jouir du spectacle, et pour être plus tôt prêts au lever de l'aurore, les Indiens ne quittèrent point le *Bois du sang*; ils allumèrent de grands feux, et commencèrent des festins et des danses.

«Cependant on m'avait étendu sur le dos. Des cordes partant de mon cou, de mes pieds, de mes bras, allaient s'attacher à des piquets enfoncés en terre. Des guerriers étaient couchés sur ces cordes, et je ne pouvais faire un mouvement, sans qu'ils en fussent avertis. La nuit s'avance: les chants et les danses cessent par degré; les feux ne jettent plus que des lueurs rougeâtres, devant lesquelles on voit encore passer les ombres de quelques Sauvages; tout s'endort; à mesure que le bruit des hommes s'affaiblit, celui du désert augmente, et au tumulte des voix succèdent les plaintes du vent dans la forêt.

«C'était l'heure où une jeune Indienne qui vient d'être mère se réveille en sursaut au milieu de la nuit, car elle a cru entendre les cris de son premier-né, qui lui demande la douce nourriture. Les yeux attachés au ciel, où le croissant de la lune errait dans les nuages, je réfléchissais sur ma destinée. Atala me semblait un monstre d'ingratitude. M'abandonner au moment du supplice, moi qui m'étais dévoué aux flammes plutôt que de la quitter! Et pourtant je sentais que je l'aimais toujours et que je mourrais avec joie pour elle.

«Il est dans les extrêmes plaisirs un aiguillon qui nous éveille, comme pour nous avertir de profiter de ce moment rapide; dans les grandes douleurs, au contraire, je ne sais quoi de pesant nous endort; des yeux fatigués par les larmes cherchent naturellement à se fermer, et la bonté de la Providence se fait ainsi remarquer jusque dans nos infortunes. Je cédai, malgré moi, à ce lourd sommeil que goûtent quelquefois les misérables. Je rêvais qu'on m'ôtait mes chaînes; je croyais sentir ce soulagement qu'on éprouve, lorsqu'après avoir été fortement pressé, une main secourable relâche nos fers.

«Cette sensation devint si vive, qu'elle me fit soulever les paupières. À la clarté de la lune, dont un rayon s'échappait entre deux nuages, j'entrevois une grande figure blanche penchée sur moi, et occupée à dénouer silencieusement mes liens. J'allais pousser un cri, lorsqu'une main, que je reconnus à l'instant, me ferma la bouche. Une seule corde restait, mais il paraissait impossible de la couper, sans toucher un guerrier qui la couvrait tout entière de son corps. Atala y porte la main, le guerrier s'éveille à demi, et se dresse sur son séant. Atala reste immobile, et le regarde. L'Indien croit voir l'Esprit des ruines ; il se recouche en fermant les yeux et en invoquant son Manitou. Le lien est brisé. Je me lève ; je suis ma libératrice, qui me tend le bout d'un arc dont elle tient l'autre extrémité. Mais que de dangers nous environnent ! Tantôt nous sommes près de heurter des Sauvages endormis, tantôt une garde nous interroge, et Atala répond en changeant sa voix. Des enfants poussent des cris, des dogues aboient. À peine sommes-nous sortis de l'enceinte funeste, que des hurlements ébranlent la forêt. Le camp se réveille, mille feux s'allument ; on voit courir de tous côtés des Sauvages avec des flambeaux ; nous précipitons notre course.

« Quand l'aurore se leva sur les Apalaches, nous étions déjà loin. Quelle fut ma félicité, lorsque je me trouvai encore une fois dans la solitude avec Atala, avec Atala ma libératrice, avec Atala qui se donnait à moi pour toujours ! Les paroles manquèrent à ma langue, je tombai à genoux, et je dis à la fille de Simaghan : "Les hommes sont bien peu de chose ; mais quand les Génies les visitent, alors ils ne sont rien du tout. Vous êtes un Génie, vous m'avez visité, et je ne puis parler devant vous." Atala me tendit la main avec un sourire : "Il faut bien, dit-elle, que je vous suive, puisque vous ne voulez pas fuir sans moi. Cette nuit, j'ai séduit le jongleur par des présents, j'ai enivré vos bourreaux avec de l'essence de feu*, et j'ai dû hasarder ma vie pour vous, puisque vous aviez donné la vôtre pour moi. Oui, jeune idolâtre, ajouta-t-elle avec un accent qui m'effraya, le sacrifice sera réciproque."

« Atala me remit les armes qu'elle avait eu soin d'apporter ; ensuite elle pansa ma blessure. En l'essuyant avec une feuille de papaya, elle la mouillait de ses larmes. "C'est un baume, lui dis-je, que tu répands sur ma plaie. — Je crains plutôt que ce ne soit un poison", répondit-elle. Elle déchira un des voiles de son sein, dont elle fit une première compresse, qu'elle attacha avec une boucle de ses cheveux.

« L'ivresse qui dure longtemps chez les Sauvages, et qui est pour eux une espèce de maladie, les empêcha sans doute de nous poursuivre durant les premières journées. S'ils nous cherchèrent ensuite, il est probable que ce fut du côté du couchant, persuadés que nous aurions essayé de nous rendre au Meschacebé ; mais

* De l'eau-de-vie.

nous avions pris notre route vers l'étoile immobile*, en nous dirigeant sur la mousse du tronc des arbres.

«Nous ne tardâmes pas à nous apercevoir que nous avions peu gagné à ma délivrance. Le désert déroulait maintenant devant nous ses solitudes démesurées. Sans expérience de la vie des forêts, détournés de notre vrai chemin, et marchant à l'aventure, qu'allions-nous devenir? Souvent, en regardant Atala, je me rappelais cette antique histoire d'Agar, que Lopez m'avait fait lire, et qui est arrivée dans le désert de Bersabée, il y a bien longtemps, alors que les hommes vivaient trois âges de chêne.

«Atala me fit un manteau avec la seconde écorce du frêne, car j'étais presque nu. Elle me broda des mocassines** de peau de rat musqué, avec du poil de porc-épic. Je prenais soin à mon tour de sa parure. Tantôt je lui mettais sur la tête une couronne de ces mauves bleues, que nous trouvions sur notre route, dans des cimetières indiens abandonnés; tantôt je lui faisais des colliers avec des graines rouges d'azalea; et puis je me prenais à sourire, en contemplant sa merveilleuse beauté.

«Quand nous rencontrions un fleuve, nous le passions sur un radeau ou à la nage. Atala appuyait une de ses mains sur mon épaule; et, comme deux cygnes voyageurs, nous traversions ces ondes solitaires.

«Souvent dans les grandes chaleurs du jour, nous cherchions un abri sous les mousses des cèdres. Presque tous les arbres de la Floride, en particulier le cèdre et le chêne-vert, sont couverts d'une mousse blanche qui descend de leurs rameaux jusqu'à terre. Quand la nuit, au clair de la lune, vous apercevez sur la nudité d'une savane, une yeuse isolée revêtue de cette draperie, vous croiriez voir un fantôme, traînant après lui ses longs voiles. La scène n'est pas moins pittoresque au grand jour; car une foule de papillons, de mouches brillantes, de colibris, de perruches vertes, de geais d'azur, vient s'accrocher à ces mousses, qui produisent alors l'effet d'une tapisserie en laine blanche, où l'ouvrier européen aurait brodé des insectes et des oiseaux éclatants.

«C'était dans ces riantes hôtelleries, préparées par le grand Esprit, que nous nous reposions à l'ombre. Lorsque les vents descendaient du ciel pour balancer ce grand cèdre, que le château

---

* Le Nord.

** Chaussure indienne.

aérien bâti sur ses branches allait flottant avec les oiseaux et les voyageurs endormis sous ses abris, que mille soupirs sortaient des corridors et des voûtes du mobile édifice, jamais les merveilles de l'ancien monde n'ont approché de ce monument du désert.

« Chaque soir nous allumions un grand feu, et nous bâtissions la hutte du voyage, avec une écorce élevée sur quatre piquets. Si j'avais tué une dinde sauvage, un ramier, un faisan des bois, nous le suspendions devant le chêne embrasé, au bout d'une gaule plantée en terre, et nous abandonnions au vent le soin de tourner la proie du chasseur. Nous mangions des mousses appelées tripes de roches, des écorces sucrées de bouleau, et des pommes de mai, qui ont le goût de la pêche et de la framboise. Le noyer noir, l'érable, le sumach, fournissaient le vin à notre table. Quelquefois j'allais chercher, parmi les roseaux, une plante dont la fleur allongée en cornet contenait un verre de la plus pure rosée. Nous bénissions la Providence qui, sur la faible tige d'une fleur, avait placé cette source limpide au milieu des marais corrompus, comme elle a mis l'espérance au fond des cœurs ulcérés par le chagrin, comme elle a fait jaillir la vertu du sein des misères de la vie.

« Hélas ! je découvris bientôt que je m'étais trompé sur le calme apparent d'Atala. À mesure que nous avancions, elle devenait triste. Souvent elle tressaillait sans cause, et tournait précipitamment la tête. Je la surprenais attachant sur moi un regard passionné, qu'elle reportait vers le ciel avec une profonde mélancolie. Ce qui m'effrayait surtout, était un secret, une pensée cachée au fond de son âme, que j'entrevoyais dans ses yeux. Toujours m'attirant et me repoussant, ranimant et détruisant mes espérances, quand je croyais avoir fait un peu de chemin dans son cœur, je me retrouvais au même point. Que de fois elle m'a dit : "Ô mon jeune amant ! je t'aime comme l'ombre des bois au milieu du jour ! Tu es beau comme le désert avec toutes ses fleurs et toutes ses brises. Si je me penche sur toi, je frémis ; si ma main tombe sur la tienne, il me semble que je vais mourir. L'autre jour le vent jeta tes cheveux sur mon visage, tandis que tu te délassais sur mon sein, je crus sentir le léger toucher des Esprits invisibles. Oui, j'ai vu les chevrettes de la montagne d'Occone ; j'ai entendu les propos des hommes rassasiés de jours ; mais la douceur des chevreaux et la sagesse des vieillards sont moins plaisantes et moins fortes que tes paroles. Eh ! bien, pauvre Chactas, je ne serai jamais ton épouse !"

« Les perpétuelles contradictions de l'amour et de la religion d'Atala, l'abandon de sa tendresse et la chasteté de ses mœurs, la fierté de son caractère et sa profonde sensibilité, l'élévation de son âme dans les grandes choses, sa susceptibilité dans les petites, tout en faisait pour moi un être incompréhensible. Atala ne pouvait pas prendre sur un homme un faible empire : pleine de passions, elle était pleine de puissance ; il fallait ou l'adorer, ou la haïr.

« Après quinze nuits d'une marche précipitée, nous entrâmes dans la chaîne des monts Allégany, et nous atteignîmes une des branches du Tenase, fleuve qui se jette dans l'Ohio. Aidé des conseils d'Atala, je bâtis un canot, que j'enduisis de gomme de prunier, après en avoir recousu les écorces avec des racines de sapin. Ensuite je m'embarquai avec Atala, et nous nous abandonnâmes au cours du fleuve.

« Le village indien de Sticoë, avec ses tombes pyramidales et ses huttes en ruines, se montrait à notre gauche, au détour d'un promontoire ; nous laissions à droite la vallée de Keow, terminée par la perspective des cabanes de Jore, suspendues au front de la montagne du même nom. Le fleuve qui nous entraînait, coulait entre de hautes falaises, au bout desquelles on apercevait le soleil couchant. Ces profondes solitudes n'étaient point troublées par la présence de l'homme. Nous ne vîmes qu'un chasseur indien qui, appuyé sur son arc et immobile sur la pointe d'un rocher, ressemblait à une statue élevée dans la montagne au Génie de ces déserts.

« Atala et moi joignions notre silence au silence de cette scène. Tout à coup la fille de l'exil fit éclater dans les airs une voix pleine d'émotion et de mélancolie ; elle chantait la patrie absente :

"Heureux ceux qui n'ont point vu la fumée des fêtes de l'étranger, et qui ne se sont assis qu'aux festins de leurs pères !

"Si le geai bleu du Meschacebé disait à la nonpareille des Florides : Pourquoi vous plaignez-vous si tristement ? N'avez-vous pas ici de belles eaux et de beaux ombrages, et toutes sortes de pâtures comme dans vos forêts ? — Oui, répondrait la non pareille fugitive ; mais mon nid est dans le jasmin, qui me l'apportera ? Et le soleil de ma savane, l'avez-vous ?

"Heureux ceux qui n'ont point vu la fumée des fêtes de l'étranger, et qui ne se sont assis qu'aux festins de leur père !

"Après les heures d'une marche pénible, le voyageur s'assied tristement. Il contemple autour de lui les toits des hommes; le voyageur n'a pas un lieu où reposer sa tête. Le voyageur frappe à la cabane, il met son arc derrière la porte, il demande l'hospitalité; le maître fait un geste de la main; le voyageur reprend son arc, et retourne au désert!

"Heureux ceux qui n'ont point vu la fumée des fêtes de l'étranger, et qui ne se sont assis qu'aux festins de leurs pères!

"Merveilleuses histoires racontées autour du foyer, tendres épanchements du cœur, longues habitudes d'aimer si nécessaires à la vie, vous avez rempli les journées de ceux qui n'ont point quitté leur pays natal! Leurs tombeaux sont dans leur patrie, avec le soleil couchant, les pleurs de leurs amis et les charmes de la religion.

"Heureux ceux qui n'ont point vu la fumée des fêtes de l'étranger, et qui ne se sont assis qu'aux festins de leurs pères!"

« Ainsi chantait Atala. Rien n'interrompait ses plaintes, hors le bruit insensible de notre canot sur les ondes. En deux ou trois endroits seulement, elles furent recueillies par un faible écho, qui les redit à un second plus faible, et celui-ci à un troisième plus faible encore: on eût cru que les âmes de deux amants, jadis infortunés comme nous, attirées par cette mélodie touchante, se plaisaient à en soupirer les derniers sons dans la montagne.

« Cependant la solitude, la présence continuelle de l'objet aimé, nos malheurs même, redoublaient à chaque instant notre amour. Les forces d'Atala commençaient à l'abandonner, et les passions, en abattant son corps, allaient triompher de sa vertu. Elle priait continuellement sa mère, dont elle avait l'air de vouloir apaiser l'ombre irritée. Quelquefois elle me demandait si je n'entendais pas une voix plaintive, si je ne voyais pas des flammes sortir de la terre. Pour moi, épuisé de fatigue, mais toujours brûlant de désir, songeant que j'étais peut-être perdu sans retour au milieu de ces forêts, cent fois je fus prêt à saisir mon épouse dans mes bras, cent fois je lui proposai de bâtir une hutte sur ces rivages et de nous y ensevelir ensemble. Mais elle me résista toujours: "Songe, me disait-elle, mon jeune ami, qu'un guerrier se doit à sa patrie. Qu'est-ce qu'une femme auprès des devoirs que tu as à remplir? Prends courage, fils d'Outalissi, ne murmure point contre ta destinée. Le cœur de l'homme est comme l'éponge du fleuve, qui tantôt boit une onde pure dans les temps de sérénité, tantôt s'enfle d'une eau bourbeuse, quand le ciel a troublé les eaux. L'éponge a-t-elle le droit de dire : Je croyais qu'il n'y aurait jamais d'orages, que le soleil ne serait jamais brûlant?"

« Ô René, si tu crains les troubles du cœur, défie-toi de la solitude : les grandes passions sont solitaires, et les transporter au désert, c'est les rendre à leur empire. Accablés de soucis et de craintes, exposés à tomber entre les mains des Indiens ennemis, à être engloutis dans les eaux, piqués des serpents, dévorés des bêtes, trouvant difficilement une chétive nourriture, et ne sachant plus de quel côté tourner nos pas, nos maux semblaient ne pouvoir plus s'accroître, lorsqu'un accident y vint mettre le comble.

« C'était le vingt-septième soleil depuis notre départ des cabanes : la *lune de feu** avait commencé son cours, et tout annonçait un orage. Vers l'heure où les matrones indiennes suspendent la crosse du labour aux branches du savinier, et où les perruches se retirent dans le creux des cyprès, le ciel commença à se couvrir. Les voix de la solitude s'éteignirent, le désert fit silence, et les forêts demeurèrent dans un calme universel. Bientôt les roulements d'un tonnerre lointain, se prolongeant dans ces bois aussi vieux que le monde, en firent sortir des bruits sublimes. Craignant d'être submergés, nous nous hâtâmes de gagner le bord du fleuve, et de nous retirer dans une forêt.

« Ce lieu était un terrain marécageux. Nous avancions avec peine sous une voûte de smilax, parmi des ceps de vigne, des indigos, des faséoles, des lianes rampantes, qui entravaient nos pieds comme des filets. Le sol spongieux tremblait autour de nous, et à chaque instant nous étions près d'être engloutis dans des fondrières. Des insectes sans nombre, d'énormes chauves-souris nous aveuglaient ; les serpents à sonnette bruissaient de toutes parts ; et les loups, les ours, les carcajous, les petits tigres, qui venaient se cacher dans ces retraites, les remplissaient de leurs rugissements.

« Cependant l'obscurité redouble : les nuages abaissés entrent sous l'ombrage des bois. La nue se déchire, et l'éclair trace un rapide losange de feu. Un vent impétueux sorti du couchant, roule les nuages sur les nuages ; les forêts plient ; le ciel s'ouvre coup sur coup, et à travers ses crevasses, on aperçoit de nouveaux

* Mois de juillet.

cieux et des campagnes ardentes. Quel affreux, quel magnifique spectacle ! La foudre met le feu dans les bois ; l'incendie s'étend comme une chevelure de flammes ; des colonnes d'étincelles et de fumée assiègent les nues qui vomissent leurs foudres dans le vaste embrasement. Alors le grand Esprit couvre les montagnes d'épaisses ténèbres ; du milieu de ce vaste chaos s'élève un mugissement confus formé par le fracas des vents, le gémissement des arbres, le hurlement des bêtes féroces, le bourdonnement de l'incendie, et la chute répétée du tonnerre qui siffle en s'éteignant dans les eaux.

« Le grand Esprit le sait ! Dans ce moment je ne vis qu'Atala, je ne pensai qu'à elle. Sous le tronc penché d'un bouleau, je parvins à la garantir des torrents de la pluie. Assis moi-même sous l'arbre, tenant ma bien-aimée sur mes genoux, et réchauffant ses pieds nus entre mes mains, j'étais plus heureux que la nouvelle épouse qui sent pour la première fois son fruit tressaillir dans son sein.

« Nous prêtions l'oreille au bruit de la tempête ; tout à coup je sentis une larme d'Atala tomber sur mon sein : "Orage du cœur, m'écriai-je, est-ce une goutte de votre pluie ?" Puis embrassant étroitement celle que j'aimais : "Atala, lui dis-je, vous me cachez quelque chose. Ouvre-moi ton cœur, ô ma beauté ! cela fait tant de bien, quand un ami regarde dans notre âme ! Raconte-moi cet autre secret de la douleur, que tu t'obstines à taire. Ah ! je le vois, tu pleures ta patrie." Elle repartit aussitôt : "Enfant des hommes, comment pleurerais-je ma patrie, puisque mon père n'était pas du pays des palmiers ? — Quoi, répliquai-je avec un profond étonnement, votre père n'était point du pays des palmiers ! Quel est donc celui qui vous a mise sur cette terre ? Répondez." Atala dit ces paroles :

"Avant que ma mère eût apporté en mariage au guerrier Simaghan trente cavales, vingt buffles, cent mesures d'huile de glands, cinquante peaux de castors et beaucoup d'autres richesses, elle avait connu un homme de la chair blanche. Or, la mère de ma mère lui jeta de l'eau au visage, et la contraignit d'épouser le magnanime Simaghan, tout semblable à un roi, et honoré des peuples comme un Génie. Mais ma mère dit à son nouvel époux : 'Mon ventre a conçu ; tuez-moi.' Simaghan lui répondit : 'Le grand Esprit me garde d'une si mauvaise action. Je ne vous mutilerai point, je ne vous couperai point le nez ni les oreilles, parce que vous avez été sincère et que vous n'avez point trompé ma couche. Le fruit de vos entrailles sera mon fruit, et je ne vous visiterai qu'après le départ de l'oiseau de rizière, lorsque la treizième lune aura brillé.' En ce temps-là, je brisai le sein de ma mère, et je commençai à croître, fière comme une Espagnole et comme une Sauvage. Ma mère me fit chrétienne, afin que son Dieu et le Dieu de mon père fût aussi mon Dieu. Ensuite le chagrin d'amour vint la chercher, et elle descendit dans la petite cave garnie de peaux, d'où l'on ne sort jamais."

« Telle fut l'histoire d'Atala. "Et quel était donc ton père, pauvre orpheline ? lui dis-je. Comment les hommes l'appelaient-ils sur la terre, et quel nom portait-il parmi les Génies ? — Je n'ai jamais lavé les pieds de mon père, dit Atala ; je sais seulement qu'il vivait avec sa sœur à Saint-Augustin, et qu'il a toujours été fidèle à ma mère : Philippe était son nom, parmi les anges, et les hommes le nommaient Lopez."

« À ces mots, je poussai un cri qui retentit dans toute la solitude ; le bruit de mes transports se mêla au bruit de l'orage. Serrant Atala sur mon cœur, je m'écriai avec des sanglots : "Ô ma sœur ! ô fille de Lopez ! fille de mon bienfaiteur !" Atala, effrayée, me demanda d'où venait mon trouble ; mais quand elle sut que Lopez était cet hôte généreux qui m'avait adopté à Saint-Augustin, et que j'avais quitté pour être libre, elle fut saisie elle-même de confusion et de joie.

« C'en était trop pour nos cœurs que cette amitié fraternelle qui venait nous visiter, et joindre son amour à notre amour. Désormais les combats d'Atala allaient devenir inutiles : en vain je la sentis porter une main à son sein, et faire un mouvement extraordinaire ; déjà je l'avais saisie, déjà je m'étais enivré de son souffle, déjà j'avais bu toute la magie de l'amour sur ses lèvres. Les yeux levés vers le ciel, à la lueur des éclairs, je tenais mon épouse dans mes bras, en présence de l'Éternel. Pompe nuptiale, digne de nos malheurs et de la grandeur de nos amours : superbes forêts qui agitiez vos lianes et vos dômes comme les rideaux et le ciel de notre couche, pins embrasés qui formiez les flambeaux de notre hymen, fleuve débordé, montagnes mugissantes, affreuse et sublime nature, n'étiez-vous donc qu'un appareil préparé pour nous tromper, et ne pûtes-vous cacher un moment dans vos mystérieuses horreurs la félicité d'un homme !

« Atala n'offrait plus qu'une faible résistance ; je touchais au moment du bonheur, quand tout à coup un impétueux éclair, suivi d'un éclat de la foudre, sillonne l'épaisseur des ombres, remplit la forêt de soufre et de lumière, et brise un arbre à nos pieds. Nous fuyons. Ô surprise!... dans le silence qui succède, nous entendons le son d'une cloche! Tous deux interdits, nous prêtons l'oreille à ce bruit, si étrange dans un désert. À l'instant un chien aboie dans le lointain; il approche, il redouble ses cris, il arrive, il hurle de joie à nos pieds; un vieux Solitaire portant une petite lanterne le suit à travers les ténèbres de la forêt. "La Providence soit bénie! s'écria-t-il, aussitôt qu'il nous aperçut. Il y a bien longtemps que je vous cherche! Notre chien vous a sentis dès le commencement de l'orage, et il m'a conduit ici. Bon Dieu! comme ils sont jeunes! Pauvres enfants! comme ils ont dû souffrir! Allons: j'ai apporté une peau d'ours, ce sera pour cette jeune femme; voici un peu de vin dans notre calebasse. Que Dieu soit loué dans toutes ses œuvres! sa miséricorde est bien grande, et sa bonté est infinie!"

«Atala était aux pieds du religieux: "Chef de la prière, lui disait-elle, je suis chrétienne, c'est le ciel qui t'envoie pour me sauver. — Ma fille, dit l'ermite en la relevant, nous sonnons ordinairement la cloche de la Mission pendant la nuit et pendant les tempêtes, pour appeler les étrangers; et, à l'exemple de nos frères des Alpes et du Liban, nous avons appris à notre chien à découvrir les voyageurs égarés." Pour moi, je comprenais à peine l'ermite; cette charité me semblait si fort au-dessus de l'homme, que je croyais faire un songe. À la lueur de la petite lanterne que tenait le religieux, j'entrevoyais sa barbe et ses cheveux tout trempés d'eau; ses pieds, ses mains et son visage étaient ensanglantés par les ronces. "Vieillard, m'écriai-je enfin, quel cœur as-tu donc, toi qui n'as pas craint d'être frappé de la foudre? — Craindre! repartit le père avec une sorte de chaleur; craindre, lorsqu'il y a des hommes en péril, et que je puis leur être utile! je serais donc un bien indigne serviteur de Jésus-Christ! — Mais sais-tu, lui dis-je, que je ne suis pas chrétien? — Jeune homme, répondit l'ermite, vous ai-je demandé votre religion? Jésus-Christ n'a pas dit: 'Mon sang lavera celui-ci, et non celui-là.' Il est mort pour le Juif et le Gentil, et il n'a vu dans tous les hommes que des frères et des infortunés. Ce que je fais ici pour vous, est fort peu de chose, et vous trouveriez ailleurs bien d'autres secours; mais la gloire n'en doit point retomber sur les prêtres. Que sommes-nous, faibles Solitaires, sinon de grossiers instruments d'une œuvre céleste ? Eh ! quel serait le soldat assez lâche pour reculer, lorsque son chef, la croix à la main, et le front couronné d'épines, marche devant lui au secours des hommes ?"

« Ces paroles saisirent mon cœur ; des larmes d'admiration et de tendresse tombèrent de mes yeux. "Mes chers enfants, dit le missionnaire, je gouverne dans ces forêts un petit troupeau de vos frères sauvages. Ma grotte est assez près d'ici dans la montagne ; venez vous réchauffer chez moi ; vous n'y trouverez pas les commodités de la vie, mais vous y aurez un abri ; et il faut encore en remercier la Bonté divine, car il y a bien des hommes qui en manquent." »

Les laboureurs

« Il y a des justes dont la conscience est si tranquille, qu'on ne peut approcher d'eux sans participer à la paix qui s'exhale, pour ainsi dire, de leur cœur et de leurs discours. À mesure que le Solitaire parlait, je sentais les passions s'apaiser dans mon sein, et l'orage même du ciel semblait s'éloigner à sa voix. Les nuages furent bientôt assez dispersés pour nous permettre de quitter notre retraite. Nous sortîmes de la forêt, et nous commençâmes à gravir le revers d'une haute montagne. Le chien marchait devant nous, en portant au bout d'un bâton la lanterne éteinte. Je tenais la main d'Atala, et nous suivions le missionnaire. Il se détournait souvent pour nous regarder, contemplant avec pitié nos malheurs et notre jeunesse. Un livre était suspendu à son cou ; il s'appuyait sur un bâton blanc. Sa taille était élevée, sa figure pâle et maigre, sa physionomie simple et sincère. Il n'avait pas les traits morts et effacés de l'homme né sans passions ; on voyait que ses jours avaient été mauvais, et les rides de son front montraient les belles cicatrices des passions guéries par la vertu et par l'amour de Dieu et des hommes. Quand il nous parlait debout et immobile, sa longue barbe, ses yeux modestement baissés, le ton affectueux de sa voix, tout en lui avait quelque chose de calme et de sublime. Quiconque a vu, comme moi, le père Aubry cheminant seul avec son bâton et son bréviaire dans le désert, a une véritable idée du voyageur chrétien sur la terre.

« Après une demi-heure d'une marche dangereuse par les sentiers de la montagne, nous arrivâmes à la grotte du missionnaire. Nous y entrâmes à travers les lierres et les giraumonts humides, que la pluie avait abattus des rochers. Il n'y avait dans ce lieu qu'une natte de feuilles de papaya, une calebasse pour puiser de l'eau, quelques vases de bois, une bêche, un serpent familier, et sur une pierre qui servait de table, un crucifix et le livre des chrétiens.

«L'homme des anciens jours se hâta d'allumer du feu avec des lianes sèches ; il brisa du maïs entre deux pierres, et en ayant fait un gâteau, il le mit cuire sous la cendre. Quand ce gâteau eut pris au feu une belle couleur dorée, il nous le servit tout brûlant, avec de la crème de noix dans un vase d'érable.

«Le soir ayant ramené la sérénité, le serviteur du grand Esprit nous proposa d'aller nous asseoir à l'entrée de la grotte. Nous le suivîmes dans ce lieu qui commandait une vue immense. Les restes de l'orage étaient jetés en désordre vers l'orient ; les feux de l'incendie allumé dans les forêts par la foudre, brillaient encore dans le lointain ; au pied de la montagne un bois de pins tout entier était renversé dans la vase, et le fleuve roulait pêle-mêle les argiles détrempés, les troncs des arbres, les corps des animaux et les poissons morts, dont on voyait le ventre argenté flotter à la surface des eaux.

«Ce fut au milieu de cette scène qu'Atala raconta notre histoire au vieux Génie de la montagne. Son cœur parut touché, et des larmes tombèrent sur sa barbe : "Mon enfant, dit-il à Atala, il faut offrir vos souffrances à Dieu, pour la gloire de qui vous avez déjà fait tant de choses ; il vous rendra le repos. Voyez fumer ces forêts, sécher ces torrents, se dissiper ces nuages ; croyez-vous que celui qui peut calmer une pareille tempête ne pourra pas apaiser les troubles du cœur de l'homme ? Si vous n'avez pas de meilleure retraite, ma chère fille, je vous offre une place au milieu du troupeau que j'ai eu le bonheur d'appeler à Jésus-Christ. J'instruirai Chactas, et je vous le donnerai pour époux quand il sera digne de l'être."

«À ces mots je tombai aux genoux du Solitaire, en versant des pleurs de joie ; mais Atala devint pâle comme la mort. Le vieillard me releva avec bénignité, et je m'aperçus alors qu'il avait les deux mains mutilées. Atala comprit sur-le-champ ses malheurs. "Les barbares !" s'écria-t-elle.

«"Ma fille, reprit le père avec un doux sourire, qu'est-ce que cela auprès de ce qu'a enduré mon divin Maître ? Si les Indiens idolâtres m'ont affligé, ce sont de pauvres aveugles que Dieu éclairera un jour. Je les chéris même davantage, en proportion des maux qu'ils m'ont faits. Je n'ai pu rester dans ma patrie où j'étais retourné, et où une illustre reine m'a fait l'honneur de vouloir contempler ces faibles marques de mon apostolat. Et quelle récompense plus glorieuse pouvais-je recevoir de mes travaux, que d'avoir obtenu du chef de notre religion la permission de célébrer le divin sacrifice avec ces mains mutilées ? Il ne me restait plus, après un tel honneur, qu'à tâcher de m'en rendre digne : je suis revenu au Nouveau-Monde, consumer le reste de ma vie au service de mon Dieu. Il y a bientôt trente ans que j'habite cette solitude, et il y en aura demain vingt-deux, que j'ai pris possession de ce rocher. Quand j'arrivai dans ces lieux, je n'y trouvai que des familles vagabondes, dont les mœurs étaient féroces et la vie fort misérable. Je leur ai fait entendre la parole de paix, et leurs mœurs se sont graduellement adoucies. Ils vivent maintenant rassemblés au bas de cette montagne. J'ai tâché, en leur enseignant les voies du salut, de leur apprendre les premiers arts de la vie, mais sans les porter trop loin, et en retenant ces honnêtes gens dans cette simplicité qui fait le bonheur. Pour moi, craignant de les gêner par ma présence, je me suis retiré sous cette grotte, où ils viennent me consulter. C'est ici que, loin des hommes, j'admire Dieu dans la grandeur de ces solitudes, et que je me prépare à la mort, que m'annoncent mes vieux jours."

« En achevant ces mots, le Solitaire se mit à genoux, et nous imitâmes son exemple. Il commença à haute voix une prière, à laquelle Atala répondait. De muets éclairs ouvraient encore les cieux dans l'orient, et sur les nuages du couchant, trois soleils brillaient ensemble. Quelques renards dispersés par l'orage allongeaient leurs museaux noirs au bord des précipices, et l'on entendait le frémissement des plantes qui, séchant à la brise du soir, relevaient de toutes parts leurs tiges abattues.

« Nous rentrâmes dans la grotte, où l'ermite étendit un lit de mousse de cyprès pour Atala. Une profonde langueur se peignait dans les yeux et dans les mouvements de cette vierge ; elle regardait le père Aubry, comme si elle eût voulu lui communiquer un secret ; mais quelque chose semblait la retenir, soit ma présence, soit une certaine honte, soit l'inutilité de l'aveu. Je l'entendis se lever au milieu de la nuit ; elle cherchait le Solitaire, mais comme il lui avait donné sa couche, il était allé contempler la beauté du ciel et prier Dieu sur le sommet de la montagne. Il me dit le lendemain que c'était assez sa coutume, même pendant l'hiver, aimant à voir les forêts balancer leurs cimes dépouillées, les nuages voler dans les cieux, et à entendre les vents et les torrents gronder dans la solitude. Ma sœur fut donc obligée de retourner à sa couche, où elle s'assoupit. Hélas ! comblé d'espérance, je ne vis dans la faiblesse d'Atala que des marques passagères de lassitude !

« Le lendemain je m'éveillai aux chants des cardinaux et des oiseaux-moqueurs, nichés dans les acacias et les lauriers qui environnaient la grotte. J'allai cueillir une rose de magnolia, et je la déposai humectée des larmes du matin, sur la tête d'Atala endormie. J'espérais, selon la religion de mon pays, que l'âme de quelque enfant mort à la mamelle, serait descendue sur cette fleur dans une goutte de rosée et qu'un heureux songe la porterait au sein de ma future épouse. Je cherchai ensuite mon hôte ; je le trouvai la robe relevée dans ses deux poches, un chapelet à la main, et m'attendant assis sur le tronc d'un pin tombé de vieillesse. Il me proposa d'aller avec lui à la Mission, tandis qu'Atala reposait encore ; j'acceptai son offre, et nous nous mîmes en route à l'instant.

« En descendant la montagne, j'aperçus des chênes où les Génies semblaient avoir dessiné des caractères étrangers. L'ermite me dit qu'il les avait tracés lui-même, que c'étaient des vers d'un ancien poète appelé Homère, et quelques sentences d'un autre poète plus ancien encore, nommé Salomon. Il y avait je ne sais quelle mystérieuse harmonie entre cette sagesse des temps, ces vers rongés de mousse, ce vieux Solitaire qui les avait gravés, et ces vieux chênes qui lui servaient de livres.

« Son nom, son âge, la date de sa mission, étaient aussi marqués sur un roseau de savane, au pied de ces arbres. Je m'étonnai de la fragilité du dernier monument : "Il durera encore plus que moi, me répondit le père, et aura toujours plus de valeur que le peu de bien que j'ai fait."

« De là, nous arrivâmes à l'entrée d'une vallée, où je vis un ouvrage merveilleux : c'était un pont naturel, semblable à celui de la Virginie, dont tu as peut-être entendu parler. Les hommes, mon fils, surtout ceux de ton pays, imitent souvent la nature, et leurs copies sont toujours petites ; il n'en est pas ainsi de la nature quand elle a l'air d'imiter les travaux des hommes, en leur offrant en effet des modèles. C'est alors qu'elle jette des ponts du sommet d'une montagne au sommet d'une autre montagne, suspend des chemins dans les nues, répand des fleuves pour canaux, sculpte des monts pour colonnes, et pour bassins creuse des mers.

« Nous passâmes sous l'arche unique de ce pont, et nous nous trouvâmes devant une autre merveille : c'était le cimetière des Indiens de la Mission, ou *les Bocages de la mort*. Le père Aubry avait permis à ses néophytes d'ensevelir leurs morts à leur manière et de conserver au lieu de leurs sépultures son nom sauvage; il avait seulement sanctifié ce lieu par une croix*. Le sol en était divisé, comme le champ commun des moissons, en autant de lots qu'il y avait de familles. Chaque lot faisait à lui seul un bois qui variait selon le goût de ceux qui l'avaient planté. Un ruisseau serpentait sans bruit au milieu de ces bocages; on l'appelait *le Ruisseau de la paix*. Ce riant asile des âmes était fermé à l'orient par le pont sous lequel nous avions passé; deux collines le bordaient au septentrion et au midi; il ne s'ouvrait qu'à l'occident, où s'élevait un grand bois de sapins. Les troncs de ces arbres, rouges marbrés de vert, montant sans branches jusqu'à leurs cimes, ressemblaient à de hautes colonnes, et formaient le péristyle de ce temple de la mort; il y régnait un bruit religieux, semblable au sourd mugissement de l'orgue sous les voûtes d'une église; mais lorsqu'on pénétrait au fond du sanctuaire, on n'entendait plus que les hymnes des oiseaux qui célébraient à la mémoire des morts une fête éternelle.

« En sortant de ce bois, nous découvrîmes le village de la Mission, situé au bord d'un lac, au milieu d'une savane semée de fleurs. On y arrivait par une avenue de magnolias et de chênes-verts, qui bordaient une de ces anciennes routes, que l'on trouve vers les montagnes qui divisent le Kentucky des Florides. Aussitôt que les Indiens aperçurent leur pasteur dans la plaine, ils abandonnèrent leurs travaux et accoururent au-devant de lui. Les uns baisaient sa robe, les autres aidaient ses pas; les mères élevaient dans leurs bras leurs petits enfants, pour leur faire voir l'homme de Jésus-Christ, qui répandait des larmes. Il s'informait, en marchant, de ce qui se passait au village; il donnait un conseil à celui-ci, réprimandait doucement celui-là; il parlait des moissons à recueillir, des enfants à instruire, des peines à consoler, et il mêlait Dieu à tous ses discours.

« Ainsi escortés, nous arrivâmes au pied d'une grande croix qui se trouvait sur le chemin. C'était là que le serviteur de Dieu avait accoutumé de célébrer les mystères de sa religion: "Mes chers néophytes, dit-il en se tournant vers la foule, il vous est arrivé un frère et une sœur; et pour surcroît de bonheur, je vois que la divine Providence a épargné hier vos moissons: voilà deux grandes raisons de le remercier. Offrons donc le saint sacrifice, et

* Le père Aubry avait fait comme les Jésuites à la Chine, qui permettaient aux Chinois d'enterrer leurs parents dans leurs jardins, selon leur ancienne coutume.

que chacun y apporte un recueillement profond, une foi vive, une reconnaissance infinie et un cœur humilié."

«Aussitôt le prêtre divin revêt une tunique blanche d'écorce de mûriers ; les vases sacrés sont tirés d'un tabernacle au pied de la croix, l'autel se prépare sur un quartier de roche, l'eau se puise dans le torrent voisin, et une grappe de raisin sauvage fournit le vin du sacrifice. Nous nous mettons tous à genoux dans les hautes herbes ; le mystère commence.

«L'aurore, paraissant derrière les montagnes, enflammait l'orient. Tout était d'or ou de rose dans la solitude. L'astre annoncé par tant de splendeur sortit enfin d'un abîme de lumière, et son premier rayon rencontra l'hostie consacrée, que le prêtre, en ce moment même, élevait dans les airs. Ô charme de la religion ! Ô magnificence du culte chrétien ! Pour sacrificateur un vieil ermite, pour autel un rocher, pour église le désert, pour assistance d'innocents Sauvages ! Non, je ne doute point qu'au moment où nous nous prosternâmes, le grand mystère ne s'accomplît, et que Dieu ne descendît sur la terre, car je le sentis descendre dans mon cœur.

«Après le sacrifice, où il ne manqua pour moi que la fille de Lopez, nous nous rendîmes au village. Là, régnait le mélange le plus touchant de la vie sociale et de la vie de la nature : au coin d'une cyprière de l'antique désert, on découvrait une culture naissante ; les épis roulaient à flots d'or sur le tronc du chêne abattu, et la gerbe d'un été remplaçait l'arbre de trois siècles. Partout on voyait les forêts livrées aux flammes pousser de grosses fumées dans les airs, et la charrue se promener lentement entre les débris de leurs racines. Des arpenteurs avec de longues chaînes allaient mesurant le terrain ; des arbitres établissaient les premières propriétés ; l'oiseau cédait son nid ; le repaire de la bête féroce se changeait en une cabane ; on entendait gronder des forges, et les coups de la cognée faisaient, pour la dernière fois, mugir des échos expirant eux-mêmes avec les arbres qui leur servaient d'asile.

«J'errais avec ravissement au milieu de ces tableaux, rendus plus doux par l'image d'Atala et par les rêves de félicité dont je berçais mon cœur. J'admirais le triomphe du christianisme sur la vie sauvage ; je voyais l'Indien se civilisant à la voix de la religion ; j'assistais aux noces primitives de l'Homme et de la Terre : l'homme, par ce grand contrat, abandonnant à la terre l'héritage de ses sueurs, et la terre s'engageant, en retour, à porter fidèlement les moissons, les fils et les cendres de l'homme.

«Cependant on présenta un enfant au missionnaire, qui le baptisa parmi des jasmins en fleurs, au bord d'une source, tandis qu'un cercueil, au milieu des jeux et des travaux, se rendait aux Bocages de la mort. Deux époux reçurent la bénédiction nuptiale sous un chêne, et nous allâmes ensuite les établir dans un coin du désert. Le pasteur marchait devant nous, bénissant çà et là, et le rocher, et l'arbre, et la fontaine, comme autrefois, selon le livre des Chrétiens, Dieu bénit la terre inculte, en la donnant en héritage à Adam. Cette procession, qui pêle-mêle avec ses troupeaux suivait de rocher en rocher son chef vénérable, représentait à mon cœur attendri ces migrations des premières familles, alors que Sem, avec ses enfants, s'avançait à travers le monde inconnu, en suivant le soleil qui marchait devant lui.

«Je voulus savoir du saint ermite, comment il gouvernait ses enfants; il me répondit avec une grande complaisance: "Je ne leur ai donné aucune loi; je leur ai seulement enseigné à s'aimer, à prier Dieu, et à espérer une meilleure vie: toutes les lois du monde sont là-dedans. Vous voyez au milieu du village une cabane plus grande que les autres: elle sert de chapelle dans la saison des pluies. On s'y assemble soir et matin pour louer le Seigneur, et quand je suis absent, c'est un vieillard qui fait la prière; car la vieillesse est, comme la maternité, une espèce de sacerdoce. Ensuite on va travailler dans les champs, et si les propriétés sont divisées, afin que chacun puisse apprendre l'économie sociale, les moissons sont déposées dans des greniers communs, pour maintenir la charité fraternelle. Quatre vieillards distribuent avec égalité le produit du labeur. Ajoutez à cela des cérémonies religieuses, beaucoup de cantiques, la croix où j'ai célébré les mystères, l'ormeau sous lequel je prêche dans les bons jours, nos tombeaux tout près de nos champs de blé, nos fleuves où je plonge les petits enfants et les saint Jean de cette nouvelle Béthanie, vous aurez une idée complète de ce royaume de Jésus-Christ."

«Les paroles du Solitaire me ravirent, et je sentis la supériorité de cette vie stable et occupée, sur la vie errante et oisive du Sauvage.

«Ah! René, je ne murmure point contre la Providence, mais j'avoue que je ne me rappelle jamais cette société évangélique sans éprouver l'amertume des regrets. Qu'une hutte, avec Atala sur ces bords, eût rendu ma vie heureuse! Là finissaient toutes mes courses ; là, avec une épouse, inconnu des hommes, cachant mon bonheur au fond des forêts, j'aurais passé comme ces fleuves, qui n'ont pas même un nom dans le désert. Au lieu de cette paix que j'osais alors me promettre, dans quel trouble n'ai-je point coulé mes jours ! Jouet continuel de la fortune, brisé sur tous les rivages, longtemps exilé de mon pays, et n'y trouvant, à mon retour, qu'une cabane en ruine et des amis dans la tombe : telle devait être la destinée de Chactas. »

Le drame

« Si mon songe de bonheur fut vif, il fut aussi d'une courte durée, et le réveil m'attendait à la grotte du Solitaire. Je fus surpris, en y arrivant au milieu du jour, de ne pas voir Atala accourir au-devant de nos pas. Je ne sais quelle soudaine horreur me saisit. En approchant de la grotte, je n'osais appeler la fille de Lopez : mon imagination était également épouvantée, ou du bruit, ou du silence, qui succéderait à mes cris. Encore plus effrayé de la nuit qui régnait à l'entrée du rocher, je dis au missionnaire : "Ô vous, que le ciel accompagne et fortifie, pénétrez dans ces ombres."

« Qu'il est faible celui que les passions dominent ! Qu'il est fort celui qui se repose en Dieu ! Il y avait plus de courage dans ce cœur religieux, flétri par soixante-seize années, que dans toute l'ardeur de ma jeunesse. L'homme de paix entra dans la grotte, et je restai au-dehors plein de terreur. Bientôt un faible murmure semblable à des plaintes sortit du fond du rocher, et vint frapper mon oreille. Poussant un cri, et retrouvant mes forces, je m'élançai, dans la nuit de la caverne... Esprits de mes pères ! vous savez seuls le spectacle qui frappa mes yeux !

« Le Solitaire avait allumé un flambeau de pin ; il le tenait d'une main tremblante, au-dessus de la couche d'Atala. Cette belle et jeune femme, à moitié soulevée sur le coude, se montrait pâle et échevelée. Les gouttes d'une sueur pénible brillaient sur son front ; ses regards à demi éteints cherchaient encore à m'exprimer son amour, et sa bouche essayait de sourire. Frappé comme d'un coup de foudre, les yeux fixés, les bras étendus, les lèvres entrouvertes, je demeurai immobile. Un profond silence règne un moment parmi les trois personnages de cette scène de douleur. Le Solitaire le rompt le premier : "Ceci, dit-il, ne sera qu'une fièvre occasionnée par la fatigue, et si nous nous résignons à la volonté de Dieu, il aura pitié de nous."

«À ces paroles, le sang suspendu reprit son cours dans mon cœur, et avec la mobilité du Sauvage, je passai subitement de l'excès de la crainte à l'excès de la confiance. Mais Atala ne m'y laissa pas longtemps. Balançant tristement la tête, elle nous fit signe de nous approcher de sa couche.

«"Mon père, dit-elle d'une voix affaiblie, en s'adressant au religieux, je touche au moment de la mort. Ô Chactas ! écoute sans désespoir le funeste secret que je t'ai caché, pour ne pas te rendre trop misérable, et pour obéir à ma mère. Tâche de ne pas m'interrompre par des marques d'une douleur, qui précipiteraient le peu d'instants que j'ai à vivre. J'ai beaucoup de choses à raconter, et aux battements de cœur, qui se ralentissent... à je ne sais quel fardeau glacé que mon sein soulève à peine... je sens que je ne me saurais trop hâter."

«Après quelques moments de silence, Atala poursuivit ainsi :

«"Ma triste destinée a commencé presque avant que j'eusse vu la lumière. Ma mère m'avait conçue dans le malheur ; je fatiguais son sein, et elle me mit au monde avec de grands déchirements d'entrailles : on désespéra de ma vie. Pour sauver mes jours, ma mère fit un vœu : elle promit à la Reine des Anges que je lui consacrerais ma virginité, si j'échappais à la mort... Vœu fatal qui me précipite au tombeau !

"J'entrais dans ma seizième année, lorsque je perdis ma mère. Quelques heures avant de mourir, elle m'appela au bord de sa couche. 'Ma fille, me dit-elle en présence d'un missionnaire qui consolait ses derniers instants ; ma fille, tu sais le vœu que j'ai fait pour toi. Voudrais-tu démentir ta mère ? Ô mon Atala ! je te laisse dans un monde qui n'est pas digne de posséder une chrétienne, au milieu d'idolâtres qui persécutent le Dieu de ton père et le mien, le Dieu qui, après t'avoir donné le jour, te l'a conservé par un miracle. Eh ! ma chère enfant, en acceptant le voile des vierges, tu ne fais que renoncer aux soucis de la cabane et aux funestes passions qui ont troublé le sein de ta mère ! Viens donc, ma bien-aimée, viens ; jure sur cette image de la mère du Sauveur, entre les mains de ce sain prêtre et de ta mère expirante, que tu ne me trahiras point à la face du ciel. Songe que je me suis engagée pour toi, afin de te sauver la vie, et que si tu ne tiens ma promesse, tu plongeras l'âme de ta mère dans des tourments éternels.'

"Ô ma mère ! pourquoi parlâtes-vous ainsi ! Ô Religion qui fais à la fois mes maux et ma félicité, qui me perds et qui me consoles !

Et toi, cher et triste objet d'une passion qui me consume jusque dans les bras de la mort, tu vois maintenant, ô Chactas, ce qui a fait la rigueur de notre destinée!... Fondant en pleurs et me précipitant dans le sein maternel, je promis tout ce qu'on voulut faire promettre. Le missionnaire prononça sur moi les paroles redoutables, et me donna le scapulaire qui me lie pour jamais. Ma mère me menaça de sa malédiction, si jamais je rompais mes vœux, et après m'avoir recommandé un secret inviolable envers les païens, persécuteurs de ma religion, elle expira, en me tenant embrassée.

"Je ne connus pas d'abord le danger de mes serments. Pleine d'ardeur, et chrétienne véritable, fière du sang espagnol qui coule dans mes veines, je n'aperçus autour de moi que des hommes indignes de recevoir ma main; je m'applaudis de n'avoir d'autre époux que le Dieu de ma mère. Je te vis, jeune et beau prisonnier, je m'attendris sur ton sort, je t'osai parler au bûcher de la forêt; alors je sentis tout le poids de mes vœux."

«Comme Atala achevait de prononcer ces paroles, serrant les poings, et regardant le missionnaire d'un air menaçant, je m'écriai: "La voilà donc cette religion que vous m'avez tant vantée! Périsse le serment qui m'enlève Atala! Périsse le Dieu qui contrarie la nature! Homme, prêtre, qu'es-tu venu faire dans ces forêts?"

"Te sauver, dit le vieillard d'une voix terrible, dompter tes passions, et t'empêcher, blasphémateur, d'attirer sur toi la colère céleste! Il te sied bien, jeune homme, à peine entré dans la vie, de te plaindre de tes douleurs! Où sont les marques de tes souffrances? Où sont les injustices que tu as supportées? Où sont tes vertus, qui seules pourraient te donner quelques droits à la plainte? Quel service as-tu rendu? Quel bien as-tu fait? Eh! malheureux, tu ne m'offres que des passions, et tu oses accuser le ciel! Quand tu auras, comme le père Aubry, passé trente années exilé sur les montagnes, tu seras moins prompt à juger des desseins de la Providence; tu comprendras alors que tu ne sais rien, que tu n'es rien, et qu'il n'y a point de châtiment si rigoureux, point de maux si terribles, que la chair corrompue ne mérite de souffrir."

«Les éclairs qui sortaient des yeux du vieillard, sa barbe qui frappait la poitrine, ses paroles foudroyantes le rendaient semblable à un Dieu. Accablé de sa majesté, je tombai à ses genoux, et lui demandai pardon de mes emportements. "Mon fils, me répondit-il avec un accent si doux, que le remords entra dans mon âme, mon fils, ce n'est pas pour moi-même que je vous ai réprimandé. Hélas ! vous avez raison, mon cher enfant : je suis venu faire bien peu de chose dans ces forêts, et Dieu n'a pas de serviteur plus indigne que moi. Mais, mon fils, le ciel, le ciel, voilà ce qu'il ne faut jamais accuser ! Pardonnez-moi si je vous ai offensé, mais écoutons votre sœur. Il y a peut-être du remède, ne nous lassons point d'espérer. Chactas, c'est une religion bien divine que celle-là qui a fait une vertu de l'espérance !"

"Mon jeune ami, reprit Atala, tu as été témoin de mes combats, et cependant tu n'en as vu que la moindre partie ; je te cachais le reste. Non, l'esclave noir qui arrose de ses sueurs les sables ardents de la Floride est moins misérable que n'a été Atala. Te sollicitant à la fuite, et pourtant certaine de mourir si tu t'éloignais de moi ; craignant de fuir avec toi dans les déserts, et cependant haletant après l'ombrage des bois... Ah ! s'il n'avait fallu que quitter parents, amis, patrie ; si même (chose affreuse) il n'y eût eu que la perte de mon âme ! Mais ton ombre, ô ma mère, ton ombre était toujours là, me reprochant ses tourments ! J'entendais tes plaintes, je voyais les flammes de l'enfer te consumer. Mes nuits étaient arides et pleines de fantômes, mes jours étaient désolés ; la rosée du soir séchait en tombant sur ma peau brûlante ; j'entrouvrais mes lèvres aux brises, et les brises, loin de m'apporter la fraîcheur, s'embrasaient du feu de mon souffle. Quel tourment de te voir sans cesse auprès de moi, loin de tous les hommes, dans de profondes solitudes, et de sentir entre toi et moi une barrière invincible ! Passer ma vie à tes pieds, te servir comme ton esclave, apprêter ton repas et ta couche dans quelque coin ignoré de l'univers, eût été pour moi le bonheur suprême ; ce bonheur, j'y touchais, et je ne pouvais en jouir. Quel dessein n'ai-je point rêvé ! Quel songe n'est point sorti de ce cœur si triste ! Quelquefois en attachant mes yeux sur toi, j'allais jusqu'à former des désirs aussi insensés que coupables : tantôt j'aurais voulu être avec toi la seule créature vivante sur la terre ; tantôt, sentant une divinité qui m'arrêtait dans mes horribles transports, j'aurais désiré que cette divinité se fût anéantie, pourvu que serrée dans tes bras, j'eusse roulé d'abîme en abîme avec les débris de Dieu et du monde ! À présent même... le dirai-je ? à présent que l'éternité va m'engloutir, que je vais paraître devant le Juge inexorable, au moment où, pour obéir à ma mère, je vois avec joie ma virginité dévorer ma vie ; eh bien ! par une affreuse contradiction, j'emporte le regret de n'avoir pas été à toi !"

“Ma fille, interrompit le missionnaire, votre douleur vous égare. Cet excès de passion auquel vous vous livrez est rarement juste, il n’est pas même dans la nature; et en cela il est moins coupable aux yeux de Dieu, parce que c’est plutôt quelque chose de faux dans l’esprit, que de vicieux dans le cœur. Il faut donc éloigner de vous ces emportements, qui ne sont pas dignes de votre innocence. Mais aussi, ma chère enfant, votre imagination impétueuse vous a trop alarmée sur vos vœux. La religion n’exige point de sacrifice plus qu’humain. Ses sentiments vrais, ses vertus tempérées sont bien au-dessus des sentiments exaltés et des vertus forcées d’un prétendu héroïsme. Si vous aviez succombé, eh bien! pauvre brebis égarée, le Bon Pasteur vous aurait cherchée, pour vous ramener au troupeau. Les trésors du repentir vous étaient ouverts: il faut des torrents de sang pour effacer nos fautes aux yeux des hommes, une seule larme suffit à Dieu. Rassurez-vous donc, ma chère fille, votre situation exige de calme; adressons-nous à Dieu, qui guérit toutes les plaies de ses serviteurs. Si c’est sa volonté, comme je l’espère, que vous échappiez à cette maladie, j’écrirai à l’évêque de Québec; il a les pouvoirs nécessaires pour vous relever de vos vœux, qui ne sont que des vœux simples, et vous achèverez vos jours près de moi avec Chactas votre époux.”

«À ces paroles du vieillard, Atala fut saisie d’une longue convulsion, dont elle ne sortit que pour donner des marques d’une douleur effrayante. “Quoi! dit-elle en joignant les deux mains avec passion, il y avait du remède! Je pouvais être relevée de mes vœux! — Oui, ma fille, répondit le père; et vous le pouvez encore. — Il est trop tard, il est trop tard! s’écria-t-elle. Faut-il mourir, au moment où j’apprends que j’aurais pu être heureuse! Que n’ai-je connu plus tôt ce saint vieillard! Aujourd’hui, de quel bonheur je jouirais, avec toi, avec Chactas chrétien… consolée, rassurée par ce prêtre auguste… dans ce désert… pour toujours… oh! c’eût été trop de félicité! — Calme-toi, lui dis-je, en saisissant une des mains de l’infortunée; calme-toi, ce bonheur, nous allons le goûter. — Jamais! jamais! dit Atala. — Comment? répartis-je. — Tu ne sais pas tout, s’écria la vierge: c’est hier… pendant l’orage… J’allais violer mes vœux; j’allais plonger ma mère dans les flammes de l’abîme; déjà sa malédiction était sur moi; déjà je mentais au Dieu qui m’a sauvé la vie… Quand tu baisais mes lèvres tremblantes, tu ne savais pas, tu ne savais pas que tu n'embrassais que la mort! — Ô ciel! s'écria le missionnaire, chère enfant, qu'avez-vous fait? — Un crime, mon père, dit Atala les yeux égarés; mais je ne perdais que moi, et je sauvais ma mère. — Achève donc, m'écriai-je plein d'épouvante. — Eh bien! dit-elle, j'avais prévu ma faiblesse; en quittant les cabanes, j'ai emporté avec moi... — Quoi? repris-je avec horreur. — Un poison! dit le père. — Il est dans mon sein", s'écria Atala.

« Le flambeau échappe de la main du Solitaire, je tombe mourant près de la fille de Lopez, le vieillard nous saisit l'un et l'autre dans ses bras, et tous trois, dans l'ombre, nous mêlons un moment nos sanglots sur cette couche funèbre.

« "Réveillons-nous, réveillons-nous, dit bientôt le courageux ermite en allumant une lampe! Nous perdons des moments précieux: intrépides chrétiens, bravons les assauts de l'adversité; la corde au cou, la cendre sur la tête, jetons-nous aux pieds du Très-Haut, pour implorer sa clémence, ou pour nous soumettre à ses décrets. Peut-être est-il temps encore. Ma fille, vous eussiez dû m'avertir hier au soir."

"Hélas! mon père, dit Atala, je vous ai cherché la nuit dernière; mais le ciel, en punition de mes fautes, vous a éloigné de moi. Tout secours eût d'ailleurs été inutile; car les Indiens mêmes, si habiles dans ce qui regarde les poisons, ne connaissent point de remède à celui que j'ai pris. Ô Chactas! juge de mon étonnement, quand j'ai vu que le coup n'était pas aussi subit que je m'y attendais! Mon amour a redoublé mes forces, mon âme n'a pu si vite se séparer de toi."

« Ce ne fut plus ici par des sanglots que je troublai le récit d'Atala, ce fut par ces emportements qui ne sont connus que des Sauvages. Je me roulai furieux sur la terre en me tordant les bras, et en me dévorant les mains. Le vieux prêtre, avec une tendresse merveilleuse, courait du frère à la sœur, et nous prodiguait mille secours. Dans le calme de son cœur et sous le fardeau des ans, il savait se faire entendre à notre jeunesse, et sa religion lui fournissait des accents plus tendres et plus brûlants que nos passions mêmes. Ce prêtre, qui depuis quarante années s'immolait chaque jour au service de Dieu et des hommes dans ces montagnes, ne te rappelle-t-il pas ces holocaustes d'Israël, fumant perpétuellement sur les hauts lieux, devant le Seigneur?

« Hélas! ce fut en vain qu'il essaya d'apporter quelque remède aux maux d'Atala. La fatigue, le chagrin, le poison et une passion plus mortelle que tous les poisons ensemble, se réunissaient pour ravir cette fleur à la solitude. Vers le soir, des symptômes effrayants se manifestèrent; un engourdissement général saisit les membres d'Atala, et les extrémités de son corps commencèrent à refroidir: "Touche mes doigts, me disait-elle, ne les trouves-tu pas bien glacés?" Je ne savais que répondre, et mes cheveux se hérissaient d'horreur; ensuite elle ajoutait: "Hier encore, mon bien-aimé, ton seul toucher me faisait tressaillir, et voilà que je ne sens plus ta main, je n'entends presque plus ta voix, les objets de la grotte disparaissent tour à tour. Ne sont-ce pas les oiseaux qui chantent? Le soleil doit être près de se coucher maintenant? Chactas, ses rayons seront bien beaux au désert, sur ma tombe!"

«Atala s'apercevant que ces paroles nous faisaient fondre en pleurs, nous dit: "Pardonnez-moi, mes bons amis, je suis bien faible; mais peut-être que je vais devenir plus forte. Cependant mourir si jeune, tout à la fois, quand mon cœur était si plein de vie! Chef de la prière, aie pitié de moi; soutiens-moi. Crois-tu que ma mère soit contente, et que Dieu me pardonne ce que j'ai fait?

"Ma fille, répondit le bon religieux, en versant des larmes, et les essuyant avec ses doigts tremblants et mutilés; ma fille, tous vos malheurs viennent de votre ignorance; c'est votre éducation sauvage et le manque d'instruction nécessaire qui vous ont perdue; vous ne saviez pas qu'une chrétienne ne peut disposer de sa vie. Consolez-vous donc, ma chère brebis; Dieu vous pardonnera, à cause de la simplicité de votre cœur. Votre mère et l'imprudent missionnaire qui la dirigeait ont été plus coupables que vous; ils ont passé leurs pouvoirs, en vous arrachant un vœu indiscret; mais que la paix du Seigneur soit avec eux! Vous offrez tous trois un terrible exemple des dangers de l'enthousiasme, et du défaut de lumières en matière de religion. Rassurez-vous, mon enfant; celui qui sonde les reins et les cœurs vous jugera sur vos intentions, qui étaient pures, et non sur votre action qui est condamnable.

"Quant à la vie, si le moment est arrivé de vous endormir dans le Seigneur, ah! ma chère enfant, que vous perdez peu de choses, en perdant ce monde! Malgré la solitude où vous avez vécu, vous avez connu les chagrins; que penseriez-vous donc, si vous eussiez été témoin des maux de la société, si, en abordant sur les rivages de l'Europe, votre oreille eût été frappée de ce long cri de douleur, qui s'élève de cette vieille terre? L'habitant de la cabane, et celui des palais, tout souffre, tout gémit ici-bas; les reines ont été vues pleurant comme de simples femmes, et l'on s'est étonné de la quantité de larmes que contiennent les yeux des rois !

“Est-ce votre amour que vous regrettez ? Ma fille, il faudrait autant pleurer un songe. Connaissez-vous le cœur de l'homme, et pourriez-vous compter les inconstances de son désir ? Vous calculeriez plutôt le nombre des vagues que la mer roule dans une tempête. Atala, les sacrifices, les bienfaits ne sont pas des liens éternels : un jour, peut-être, le dégoût fût venu avec la satiété, le passé eût été compté pour rien, et l'on n'eût plus aperçu que les inconvénients d'une union pauvre et méprisée. Sans doute, ma fille, les plus belles amours furent celles de cet homme et de cette femme, sortis de la main du Créateur. Un paradis avait été formé pour eux, ils étaient innocents et immortels. Parfaits de l'âme et du corps, ils se convenaient en tout : Ève avait été créée pour Adam, et Adam pour Ève. S'ils n'ont pu toutefois se maintenir dans cet état de bonheur, quels couples le pourront après eux ? Je ne vous parlerai point des mariages des premiers-nés des hommes, de ces unions ineffables, alors que la sœur était l'épouse du frère, que l'amour et l'amitié fraternelle se confondaient dans le même cœur, et que la pureté de l'une augmentait les délices de l'autre. Toutes ces unions ont été troublées ; la jalousie s'est glissée à l'autel de gazon où l'on immolait le chevreau, elle a régné sous la tente d'Abraham, et dans ces couches mêmes où les patriarches goûtaient tant de joie, qu'ils oubliaient la mort de leurs mères.

“Vous seriez-vous donc flattée, mon enfant, d'être plus innocente et plus heureuse dans vos liens, que ces saintes familles dont Jésus-Christ a voulu descendre ? Je vous épargne les détails des soucis du ménage, les disputes, les reproches mutuels, les inquiétudes et toutes ces peines secrètes qui veillent sur l'oreiller du lit conjugal. La femme renouvelle ses douleurs chaque fois qu'elle est mère, et elle se marie en pleurant. Que de maux dans la seule perte d'un nouveau-né à qui l'on donnait le lait, et qui meurt sur votre sein ! La montagne a été pleine de gémissements ; rien ne pouvait consoler Rachel, parce que ses fils n'étaient plus. Ces amertumes attachées aux tendresses humaines sont si fortes, que j'ai vu dans ma patrie de grandes dames, aimées par des rois, quitter la cour pour s'ensevelir dans des cloîtres, et mutiler cette chair révoltée, dont les plaisirs ne sont que des douleurs.

“Mais peut-être direz-vous que ces derniers exemples ne vous regardent pas ; que toute votre ambition se réduisait à vivre dans une obscure cabane avec l'homme de votre choix; que vous cherchiez moins les douceurs du mariage, que les charmes de cette folie que la jeunesse appelle amour? Illusion, chimère, vanité, rêve d'une imagination blessée! Et moi aussi, ma fille, j'ai connu les troubles du cœur: cette tête n'a pas toujours été chauve, ni ce sein aussi tranquille qu'il vous le paraît aujourd'hui. Croyez-en mon expérience: si l'homme, constant dans ses affections, pouvait sans cesse fournir à un sentiment renouvelé sans cesse, sans doute, la solitude et l'amour l'égaleraient à Dieu même; car ce sont là les deux éternels plaisirs du Grand Être. Mais l'âme de l'homme se fatigue, et jamais elle n'aime longtemps le même objet avec plénitude. Il y a toujours quelques points par où deux cœurs ne se touchent pas, et ces points suffisent à la longue pour rendre la vie insupportable.

"Enfin, ma chère fille, le grand tort des hommes, dans leur songe de bonheur, est d'oublier cette infirmité de la mort attachée à leur nature: il faut finir. Tôt ou tard, quelle qu'eût été votre félicité, ce beau visage se fût changé en cette figure uniforme que le sépulcre donne à la famille d'Adam; l'œil même de Chactas n'aurait pu vous reconnaître entre vos sœurs de la tombe. L'amour n'étend point son empire sur les vers du cercueil. Que dis-je? (ô vanité des vanités!) Que parlé-je de la puissance des amitiés de la terre? Voulez-vous, ma chère fille, en connaître l'étendue? Si un homme revenait à la lumière, quelques années après sa mort, je doute qu'il fût revu avec joie, par ceux-là même qui ont donné le plus de larmes à sa mémoire: tant on forme vite d'autres liaisons, tant on prend facilement d'autres habitudes, tant l'inconstance est naturelle à l'homme, tant notre vie est peu de chose même dans le cœur de nos amis!

"Remerciez donc la Bonté divine, ma chère fille, qui vous retire si vite de cette vallée de misère. Déjà le vêtement blanc et la couronne éclatante des vierges se préparent pour vous sur les nuées; déjà j'entends la Reine des Anges qui vous crie: 'Venez, ma digne servante, venez, ma colombe, venez vous asseoir sur un trône de candeur, parmi toutes ces filles qui ont sacrifié leur beauté et leur jeunesse au service l'humanité, à l'éducation des enfants et aux chefs-d'œuvre de la pénitence. Venez, rose mystique, vous reposer sur le sein de Jésus-Christ. Ce cercueil, lit nuptial que vous vous êtes choisi, ne sera point trompé; et les embrassements de votre céleste époux ne finiront jamais!'"

«Comme le dernier rayon du jour abat les vents et répand le calme dans le ciel, ainsi la parole tranquille du vieillard apaisa les passions dans le sein de mon amante. Elle ne parut plus occupée que de ma douleur, et des moyens de me faire supporter sa perte. Tantôt elle me disait qu'elle mourrait heureuse, si je lui promettais de sécher mes pleurs; tantôt elle me parlait de ma mère, de ma patrie; elle cherchait à me distraire de la douleur présente, en réveillant en moi une douleur passée. Elle m'exhortait à la patience, à la vertu. "Tu ne seras pas toujours malheureux, disait-elle: si le ciel t'éprouve aujourd'hui, c'est seulement pour te rendre plus compatissant aux maux des autres. Le cœur, ô Chactas, est comme ces sortes d'arbres qui ne donnent leur baume pour les blessures des hommes, que lorsque le fer les a blessés eux-mêmes."

«Quand elle avait ainsi parlé, elle se tournait vers le missionnaire, cherchait auprès de lui le soulagement qu'elle m'avait fait éprouver, et, tour à tour consolante et consolée, elle donnait et recevait la parole de vie sur la couche de la mort.

«Cependant l'ermite redoublait de zèle. Ses vieux os s'étaient ranimés par l'ardeur de la charité, et toujours préparant des remèdes, rallumant le feu, rafraîchissant la couche, il faisait d'admirables discours sur Dieu et sur le bonheur des justes. Le flambeau de la religion à la main, il semblait précéder Atala dans la tombe, pour lui en montrer les secrètes merveilles. L'humble grotte était remplie de la grandeur de ce trépas chrétien, et les esprits célestes étaient, sans doute, attentifs à cette scène où la religion luttait seule contre l'amour, la jeunesse et la mort.

«Elle triomphait cette religion divine, et l'on s'apercevait de sa victoire à une sainte tristesse qui succédait dans nos cœurs aux premiers transports des passions. Vers le milieu de la nuit, Atala sembla se ranimer pour répéter des prières que le religieux prononçait au bord de sa couche. Peu de temps après, elle me tendit la main, et avec une voix qu'on entendait à peine, elle me dit: "Fils d'Outalissi, te rappelles-tu cette première nuit où tu me pris pour la Vierge des dernières amours? Singulier présage de notre destinée!" Elle s'arrêta; puis elle reprit: "Quand je songe que je te quitte pour toujours, mon cœur fait un tel effort pour revivre, que je me sens presque le pouvoir de me rendre immortelle à force d'aimer. Mais, ô mon Dieu, que votre volonté soit faite!" Atala se tut pendant quelques instants; elle ajouta: "Il ne me reste plus qu'à vous demander pardon des maux que je vous ai causés. Je vous ai beaucoup tourmenté par mon orgueil et mes caprices. Chactas, un peu de terre jetée sur mon corps va mettre tout un monde entre vous et moi, et vous délivrer pour toujours du poids de mes infortunes.

"Vous pardonner, répondis-je noyé de larmes, n'est-ce pas moi qui ai causé tous vos malheurs? — Mon ami, dit-elle en m'interrompant, vous m'avez rendue très heureuse, et si j'étais à recommencer la vie, je préférerais encore le bonheur de vous avoir aimé quelques instants dans un exil infortuné, à toute une vie de repos dans ma patrie."

« Ici la voix d'Atala s'éteignit; les ombres de la mort se répandirent autour de ses yeux et de sa bouche; ses doigts errants cherchaient à toucher quelque chose; elle conversait tout bas avec des esprits invisibles. Bientôt, faisant un effort, elle essaya, mais en vain, de détacher de son cou le petit crucifix; elle me pria de le dénouer moi-même, et elle me dit:

"Quand je te parlai pour la première fois, tu vis cette croix briller à la lueur du feu sur mon sein; c'est le seul bien que possède Atala. Lopez, ton père et le mien, l'envoya à ma mère, peu de jours après ma naissance. Reçois donc de moi cet héritage, ô mon frère, conserve-le en mémoire de mes malheurs. Tu auras recours à ce Dieu des infortunés dans les chagrins de ta vie. Chactas, j'ai une dernière prière à te faire. Ami, notre union aurait été courte sur la terre, mais il est après cette vie une plus longue vie. Qu'il serait affreux d'être séparée de toi pour jamais! Je ne fais que te devancer aujourd'hui, et je te vais attendre dans l'empire céleste. Si tu m'as aimée, fais-toi instruire dans la religion chrétienne, qui préparera notre réunion. Elle fait sous tes yeux un grand miracle cette religion, puisqu'elle me rend capable de te quitter, sans mourir dans les angoisses du désespoir. Cependant, Chactas, je ne veux de toi qu'une simple promesse, je sais trop ce qu'il en coûte, pour te demander un serment. Peut-être ce vœu te séparerait-il de quelque femme plus heureuse que moi... Ô ma mère, pardonne à ta fille. Ô Vierge, retenez votre courroux. Je retombe dans mes faiblesses, et je te dérobe, ô mon Dieu, des pensées qui ne devraient être que pour toi!"

« Navré de douleur, je promis à Atala d'embrasser un jour la religion chrétienne. À ce spectacle, le Solitaire se levant d'un air inspiré, et étendant les bras vers la voûte de la grotte: "Il est temps, s'écria-t-il, il est temps d'appeler Dieu ici!"

«À peine a-t-il prononcé ces mots, qu'une force surnaturelle me contraint de tomber à genoux, et m'incline la tête au pied du lit d'Atala. Le prêtre ouvre un lieu secret où était renfermée une urne d'or, couverte d'un voile de soie; il se prosterne et adore profondément. La grotte parut soudain illuminée; on entendit dans les airs les paroles des anges et les frémissements des harpes célestes; et lorsque le Solitaire tira le vase sacré de son tabernacle, je crus voir Dieu lui-même sortir du flanc de la montagne.

«Le prêtre ouvrit le calice; il prit entre ses deux doigts une hostie blanche comme la neige, et s'approcha d'Atala, en prononçant des mots mystérieux. Cette sainte avait les yeux levés au ciel, en extase. Toutes ses douleurs parurent suspendues, toute sa vie se rassembla sur sa bouche; ses lèvres s'entrouvrirent, et vinrent avec respect chercher le Dieu caché sous le pain mystique. Ensuite le divin vieillard trempe un peu de coton dans une huile consacrée; il en frotte les tempes d'Atala, il regarde un moment la fille mourante, et tout à coup ces fortes paroles lui échappent: "Partez, âme chrétienne: allez rejoindre votre Créateur!" Relevant alors ma tête abattue, je m'écriai, en regardant le vase où était l'huile sainte: "Mon père, ce remède rendra-t-il la vie à Atala? — Oui, mon fils, dit le vieillard en tombant dans mes bras, la vie éternelle!" Atala venait d'expirer.»

Dans cet endroit, pour la seconde fois depuis le commencement de son récit, Chactas fut obligé de s'interrompre. Ses pleurs l'inondaient, et sa voix ne laissait échapper que des mots entrecoupés. Le Sachem aveugle ouvrit son sein, il en tira le crucifix d'Atala. «Le voilà, s'écria-t-il, ce gage de l'adversité! Ô René, ô mon fils, tu le vois; et moi, je ne le vois plus! Dis-moi, après tant d'années, l'or n'en est-il point altéré? N'y vois-tu point la trace de mes larmes? Pourrais-tu reconnaître l'endroit qu'une sainte a touché de ses lèvres? Comment Chactas n'est-il point encore chrétien? Quelles frivoles raisons de politique et de partie l'ont jusqu'à présent retenu dans les erreurs de ses pères? Non, je ne veux pas tarder plus longtemps. La terre me crie: "Quand donc descendras-tu dans la tombe, et qu'attends-tu pour embrasser une religion divine?..." Ô terre, vous ne m'attendrez pas longtemps: aussitôt qu'un prêtre aura rajeuni dans l'onde cette tête blanchie par les chagrins, j'espère me réunir à Atala... Mais achevons ce qui me reste à conter de mon histoire.»

Les funérailles

« Je n'entreprendrai point, ô René, de te peindre aujourd'hui le désespoir qui saisit mon âme, lorsque Atala eut rendu le dernier soupir. Il faudrait avoir plus de chaleur qu'il ne m'en reste ; il faudrait que mes yeux fermés se pussent rouvrir au soleil, pour lui demander compte des pleurs qu'ils versèrent à sa lumière. Oui, cette lune qui brille à présent sur nos têtes se lassera d'éclairer les solitudes du Kentucky ; oui, le fleuve qui porte maintenant nos pirogues suspendra le cours de ses eaux, avant que mes larmes cessent de couler pour Atala ! Pendant deux jours entiers, je fus insensible aux discours de l'ermite. En essayant de calmer mes peines, cet excellent homme ne se servait point des vaines raisons de la terre, il se contentait de me dire : "Mon fils, c'est la volonté de Dieu", et il me pressait dans ses bras. Je n'aurais jamais cru qu'il y eût tant de consolation dans ce peu de mots du chrétien résigné, si je ne l'avais éprouvé moi-même.

« La tendresse, l'onction, l'inaltérable patience du vieux serviteur de Dieu, vainquirent enfin l'obstination de ma douleur. J'eus honte des larmes que je lui faisais répandre. "Mon père, lui dis-je, c'en est trop : que les passions d'un jeune homme ne troublent plus la paix de tes jours. Laisse-moi emporter les restes de mon épouse ; je les ensevelirai dans quelque coin du désert, et si je suis encore condamné à la vie, je tâcherai de me rendre digne de ces noces éternelles qui m'ont été promises par Atala."

« À ce retour inespéré de courage, le bon père tressaillit de joie ; il s'écria : "Ô sang de Jésus-Christ, sang de mon divin maître, je reconnais là tes mérites ! Tu sauveras sans doute ce jeune homme. Mon Dieu, achève ton ouvrage. Rends la paix à cette âme troublée, et ne lui laisse de ses malheurs, que d'humbles et utiles souvenirs."

« Le juste refusa de m'abandonner le corps de la fille de Lopez, mais il me proposa de faire venir ses néophytes, et de l'enterrer avec toute la pompe chrétienne ; je m'y refusai à mon tour. "Les malheurs et les vertus d'Atala, lui dis-je, ont été inconnus des hommes ; que sa tombe, creusée furtivement par nos mains, partage cette obscurité." Nous convînmes que nous partirions le lendemain au lever du soleil pour enterrer Atala sous l'arche du pont naturel, à l'entrée des Bocages de la mort. Il fut aussi résolu que nous passerions la nuit en prières auprès du corps de cette sainte.

« Vers le soir, nous transportâmes ses précieux restes à une ouverture de la grotte, qui donnait vers le nord. L'ermite les avait roulés dans une pièce de lin d'Europe, filé par sa mère : c'était le seul bien qui lui restât de sa patrie, et depuis longtemps il le destinait à son propre tombeau. Atala était couchée sur un gazon de sensitives de montagnes ; ses pieds, sa tête, ses épaules et une partie de son sein étaient découverts. On voyait dans ses cheveux une fleur de magnolia fanée... celle-là même que j'avais déposée sur le lit de la vierge, pour la rendre féconde. Ses lèvres, comme un bouton de rose cueilli depuis deux matins, semblaient languir et sourire. Dans ses joues d'une blancheur éclatante, on distinguait quelques veines bleues. Ses beaux yeux étaient fermés, ses pieds modestes étaient joints, et ses mains d'albâtre pressaient sur son cœur un crucifix d'ébène ; le scapulaire de ses vœux était passé à son cou. Elle paraissait enchantée par l'Ange de la mélancolie, et par le double sommeil de l'innocence et de la tombe. Je n'ai rien vu de plus céleste. Quiconque eût ignoré que cette jeune fille avait joui de la lumière, aurait pu la prendre pour la statue de la Virginité endormie.

« Le religieux ne cessa de prier toute la nuit. J'étais assis en silence au chevet du lit funèbre de mon Atala. Que de fois, durant son sommeil, j'avais supporté sur mes genoux cette tête charmante ! Que de fois je m'étais penché sur elle, pour entendre et pour respirer son souffle ! Mais à présent aucun bruit ne sortait de ce sein immobile, et c'était en vain que j'attendais le réveil de la beauté !

« La lune prêta son pâle flambeau à cette veillée funèbre. Elle se leva au milieu de la nuit, comme une blanche vestale qui vient pleurer sur le cercueil d'une compagne. Bientôt elle répandit dans les bois ce grand secret de mélancolie, qu'elle aime à raconter aux vieux chênes et aux rivages antiques des mers. De temps en temps, le religieux plongeait un rameau fleuri dans une eau consacrée, puis secouant la branche humide, il parfumait la nuit des baumes du ciel. Parfois il répétait sur un air antique quelques vers d'un vieux poète nommé Job; il disait:

"J'ai passé comme une fleur; j'ai séché comme l'herbe des champs.

"Pourquoi la lumière a-t-elle été donnée à un misérable, et la vie à ceux qui sont dans l'amertume du cœur?"

«Ainsi chantait l'ancien des hommes. Sa voix grave et un peu cadencée, allait roulant dans le silence des déserts. Le nom de Dieu et du tombeau sortait de tous les échos, de tous les torrents, de toutes les forêts. Les roucoulements de la colombe de Virginie, la chute d'un torrent dans la montagne, les tintements de la cloche qui appelait les voyageurs, se mêlaient à ces chants funèbres, et l'on croyait entendre dans les Bocages de la mort le chœur lointain des décédés, qui répondait à la voix du Solitaire.

«Cependant une barre d'or se forma dans l'Orient. Les éperviers criaient sur les rochers, et les martres rentraient dans le creux des ormes: c'était le signal du convoi d'Atala. Je chargeai le corps sur mes épaules; l'ermite marchait devant moi, une bêche à la main. Nous commençâmes à descendre de rochers en rochers; la vieillesse et la mort ralentissaient également nos pas. À la vue du chien qui nous avait trouvés dans la forêt, et qui maintenant, bondissant de joie, nous traçait une autre route, je me mis à fondre en larmes. Souvent la longue chevelure d'Atala, jouet des brises matinales, étendait son voile d'or sur mes yeux; souvent pliant sous le fardeau, j'étais obligé de le déposer sur la mousse, et de m'asseoir auprès, pour reprendre des forces. Enfin, nous arrivâmes au lieu marqué par ma douleur; nous descendîmes sous l'arche du pont. Ô mon fils, il eût fallu voir un jeune Sauvage et un vieil ermite, à genoux l'un vis-à-vis de l'autre dans un désert, creusant avec leurs mains un tombeau pour une pauvre fille dont le corps était étendu près de là, dans la ravine desséchée d'un torrent!

«Quand notre ouvrage fut achevé, nous transportâmes la beauté dans son lit d'argile. Hélas, j'avais espéré de préparer une autre couche pour elle! Prenant alors un peu de poussière dans ma main, et gardant un silence effroyable, j'attachai, pour la dernière fois, mes yeux sur le visage d'Atala. Ensuite je répandis la terre du sommeil sur un front de dix-huit printemps; je vis graduellement disparaître les traits de ma sœur, et ses grâces se cacher sous le rideau de l'éternité; son sein surmonta quelque temps le sol noirci, comme un lis blanc s'élève du milieu d'une sombre argile: "Lopez, m'écriai-je alors, vois ton fils inhumer ta fille!" et j'achevai de couvrir Atala de la terre du sommeil.

«Nous retournâmes à la grotte, et je fis part au missionnaire du projet que j'avais formé de me fixer près de lui. Le saint, qui connaissait merveilleusement le cœur de l'homme, découvrit ma pensée et la ruse de ma douleur. Il me dit: "Chactas, fils d'Outalissi, tandis qu'Atala a vécu, je vous ai sollicité moi-même de demeurer auprès de moi; mais à présent votre sort est changé: vous vous devez à votre patrie. Croyez-moi, mon fils, les douleurs ne sont point éternelles; il faut tôt ou tard qu'elles finissent, parce que le cœur de l'homme est fini; c'est une de nos grandes misères: nous ne sommes pas même capables d'être longtemps malheureux. Retournez au Meschacebé: allez consoler votre mère, qui vous pleure tous les jours, et qui a besoin de votre appui. Faites-vous instruire dans la religion de votre Atala, lorsque vous en trouverez l'occasion, et souvenez-vous que vous lui avez promis d'être vertueux et chrétien. Moi, je veillerai ici sur son tombeau. Partez, mon fils. Dieu, l'âme de votre sœur, et le cœur de votre vieil ami vous suivront."

«Telles furent les paroles de l'homme du rocher; son autorité était trop grande, sa sagesse trop profonde, pour ne lui obéir pas. Dès le lendemain, je quittai mon vénérable hôte qui, me pressant sur son cœur, me donna ses derniers conseils, sa dernière bénédiction et ses dernières larmes. Je passai au tombeau; je fus surpris d'y trouver une petite croix qui se montrait au-dessus de la mort, comme on aperçoit encore le mât d'un vaisseau qui a fait naufrage. Je jugeai que le Solitaire était venu prier au tombeau, pendant la nuit; cette marque d'amitié et de religion fit couler mes pleurs en abondance. Je fus tenté de rouvrir la fosse, et de voir encore une fois ma bien-aimée; une crainte religieuse me retint. Je m'assis sur la terre, fraîchement remuée. Un coude appuyé sur mes genoux, et la tête soutenue dans ma main, je demeurai enseveli dans la plus amère rêverie. Ô René, c'est là que je fis, pour la première fois, des réflexions sérieuses sur la vanité de nos jours, et la plus grande vanité de nos projets! Eh! mon enfant, qui ne les a point faites ces réflexions! Je ne suis plus qu'un vieux cerf blanchi par les hivers; mes ans le disputent à ceux de la corneille: eh bien! malgré tant de jours accumulés sur ma tête, malgré une si longue expérience de la vie, je n'ai point encore rencontré d'homme qui n'eût été trompé dans ses rêves de félicité, point de cœur qui n'entretînt une plaie cachée. Le cœur le plus serein en apparence ressemble au puits naturel de la savane Alachua : la surface en paraît calme et pure, mais quand vous regardez au fond du bassin, vous apercevez un large crocodile, que le puits nourrit dans ses eaux.

« Ayant ainsi vu le soleil se lever et se coucher sur ce lieu de douleur, le lendemain au premier cri de la cigogne, je me préparai à quitter la sépulture sacrée. J'en partis comme de la borne d'où je voulais m'élancer dans la carrière de la vertu. Trois fois j'évoquai l'âme d'Atala ; trois fois le Génie du désert répondit à mes cris sous l'arche funèbre. Je saluai ensuite l'Orient, et je découvris au loin, dans les sentiers de la montagne, l'ermite qui se rendait à la cabane de quelque infortuné. Tombant à genoux et embrassant étroitement la fosse, je m'écriai : "Dors en paix dans cette terre étrangère, fille trop malheureuse ! Pour prix de ton amour, de ton exil et de ta mort, tu vas être abandonnée, même de Chactas !" Alors, versant des flots de larmes, je me séparai de la fille de Lopez, alors je m'arrachai de ces lieux, laissant au pied du monument de la nature, un monument plus auguste : l'humble tombeau de la vertu. »

Épilogue

Chactas, fils d'Outalissi, le Natché, a fait cette histoire à René l'Européen. Les pères l'ont redite aux enfants, et moi, voyageur aux terres lointaines, j'ai fidèlement rapporté ce que des Indiens m'en ont appris. Je vis dans ce récit le tableau du peuple chasseur et du peuple laboureur, la religion, première législatrice des hommes, les dangers de l'ignorance et de l'enthousiasme religieux, opposés aux lumières, à la charité et au véritable esprit de l'Évangile, les combats des passions et des vertus dans un cœur simple, enfin le triomphe du christianisme sur le sentiment le plus fougueux et la crainte la plus terrible, l'amour et la mort.

Quand un Siminole me raconta cette histoire, je la trouvai fort instructive et parfaitement belle, parce qu'il y mit la fleur du désert, la grâce de la cabane, et une simplicité à conter la douleur, que je ne me flatte pas d'avoir conservées. Mais une chose me restait à savoir. Je demandais ce qu'était devenu le père Aubry, et personne ne me le pouvait dire. Je l'aurai toujours ignoré, si la Providence qui conduit tout, ne m'avait découvert ce que je cherchais. Voici comment la chose se passa :

J'avais parcouru les rivages du Meschacebé, qui formaient autrefois la barrière méridionale de la Nouvelle-France, et j'étais curieux de voir au nord l'autre merveille de cet empire, la cataracte de Niagara. J'étais arrivé tout près de cette chute, dans l'ancien pays des Agonnonsioni*, lorsqu'un matin, en traversant une plaine, j'aperçus une femme assise sous un arbre, et tenant un enfant mort sur ses genoux. Je m'approchai doucement de la jeune mère, et je l'entendis qui disait :

« Si tu étais resté parmi nous, cher enfant, comme ta main eût bandé l'arc avec grâce ! Ton bras eût dompté l'ours en fureur ; et sur le sommet de la montagne, tes pas auraient défié le chevreuil à la course. Blanche hermine du rocher, si jeune être allé dans

* Les Iroquois.

le pays des âmes ! Comment feras-tu pour y vivre ? Ton père n'y est point, pour t'y nourrir de sa chasse. Tu auras froid, et aucun Esprit ne te donnera des peaux pour te couvrir. Oh ! il faut que je me hâte de t'aller rejoindre, pour te chanter des chansons, et te présenter mon sein. »

Et la jeune mère chantait d'une voix tremblante, balançait l'enfant sur ses genoux, humectait ses lèvres du lait maternel, et prodiguait à la mort tous les soins qu'on donne à la vie.

Cette femme voulait faire sécher le corps de son fils sur les branches d'un arbre, selon la coutume indienne, afin de l'emporter ensuite aux tombeaux de ses pères. Elle dépouilla donc le nouveau-né, et respirant quelques instants sur sa bouche, elle dit : « Âme de mon fils, âme charmante, ton père t'a créée jadis sur mes lèvres par un baiser ; hélas, les miens n'ont pas le pouvoir de te donner une seconde naissance ! » Ensuite elle découvrit son sein, et embrassa ces restes glacés, qui se fussent ranimés au feu du cœur maternel, si Dieu ne s'était réservé le souffle qui donne la vie.

Elle se leva, et chercha des yeux un arbre sur les branches duquel elle pût exposer son enfant. Elle choisit un érable à fleurs rouges, festonné de guirlandes d'apios, et qui exhalait les parfums les plus suaves. D'une main elle en abaissa les rameaux inférieurs, de l'autre elle y plaça le corps ; laissant alors échapper la branche, la branche retourna à sa position naturelle, emportant la dépouille de l'innocence, cachée dans un feuillage odorant. Oh ! que cette coutume indienne est touchante ! Je vous ai vus dans vos campagnes désolées, pompeux monuments des Crassus et des Césars, et je vous préfère encore ces tombeaux aériens du Sauvage, ces mausolées de fleurs et de verdure que parfume l'abeille, que balance le zéphyr, et où le rossignol bâtit son nid et fait entendre sa plaintive mélodie. Si c'est la dépouille d'une jeune fille que la main d'un amant a suspendue à l'arbre de la mort ; si ce sont les restes d'un enfant chéri qu'une mère a placés dans la demeure des petits oiseaux, le charme redouble encore. Je m'approchai de celle qui gémissait au pied de l'érable ; je lui imposai les mains sur la tête, en poussant les trois cris de douleur. Ensuite, sans lui parler, prenant comme elle un rameau, j'écartai les insectes qui bourdonnaient autour du corps de l'enfant. Mais je me donnai de garde d'effrayer une colombe voisine. L'Indienne lui disait : « Colombe, si tu n'es pas l'âme de mon fils qui s'est envolée, tu es, sans doute, une mère qui cherche quelque chose pour faire un nid. Prends de ces cheveux, que je ne laverai plus dans l'eau d'esquine; prends-en pour coucher tes petits: puisse le grand Esprit te les conserver!»

Cependant la mère pleurait de joie en voyant la politesse de l'étranger. Comme nous faisons ceci, un jeune homme approcha, et dit: «Fille de Céluta, retire notre enfant, nous ne séjournerons pas plus longtemps ici et nous partirons au premier soleil.» Je dis alors: «Frère, je te souhaite un ciel bleu, beaucoup de chevreuils, un manteau de castor et de l'espérance. Tu n'es donc pas de ce désert? — Non, répondit le jeune homme, nous sommes des exilés, et nous allons chercher une patrie.» En disant cela, le guerrier baissa la tête dans son sein, et avec le bout de son arc, il abattait la tête des fleurs. Je vis qu'il y avait des larmes au fond de cette histoire, et je me tus. La femme retira son fils des branches de l'arbre, et elle le donna à porter à son époux. Alors je dis: «Voulez-vous me permettre d'allumer votre feu cette nuit? — Nous n'avons point de cabane, reprit le guerrier; si vous voulez nous suivre, nous campons au bord de la chute. — Je veux bien», répondis-je, et nous partîmes ensemble.

Nous arrivâmes bientôt au bord de la cataracte, qui s'annonçait par d'affreux mugissements. Elle est formée par la rivière Niagara, qui sort du lac Érié, et se jette dans le lac Ontario; sa hauteur perpendiculaire est de cent quarante-quatre pieds. Depuis le lac Érié jusqu'au Saut, le fleuve accourt, par une pente rapide, et au moment de la chute, c'est moins un fleuve qu'une mer, dont les torrents se pressent à la bouche béante d'un gouffre. La cataracte se divise en deux branches, et se courbe en fer à cheval. Entre les deux chutes s'avance une île creusée en dessous, qui pend avec tous ses arbres sur le chaos des ondes. La masse du fleuve qui se précipite au midi, s'arrondit en un vaste cylindre, puis se déroule en nappe de neige, et brille au soleil de toutes les couleurs. Celle qui tombe au levant descend dans une ombre effrayante; on dirait une colonne d'eau du déluge. Mille arcs-en-ciel se courbent et se croisent sur l'abîme. Frappant le roc ébranlé, l'eau rejaillit en tourbillons d'écume, qui s'élèvent au-dessus des forêts, comme les fumées d'un vaste embrasement. Des pins, des noyers sauvages, des rochers taillés en forme de fantômes, décorent la scène. Des aigles entraînés par le courant d'air descendent en tournoyant au fond du gouffre; et des carcajous se suspendent par leurs queues flexibles au bout d'une branche abaissée, pour saisir dans l'abîme les cadavres brisés des élans et des ours.

Tandis qu'avec un plaisir mêlé de terreur je contemplais ce spectacle, l'Indienne et son époux me quittèrent. Je les cherchai en remontant le fleuve au-dessus de la chute, et bientôt je les trouvai dans un endroit convenable à leur deuil. Ils étaient couchés sur l'herbe avec des vieillards, auprès de quelques ossements humains enveloppés dans des peaux de bêtes. Étonné de tout ce que je voyais depuis quelques heures, je m'assis auprès de la jeune mère, et je lui dis : « Qu'est-ce que tout ceci, ma sœur ? » Elle me répondit : « Mon frère, c'est la terre de la patrie ; ce sont les cendres de nos aïeux, qui nous suivent dans notre exil. — Et comment, m'écriai-je, avez-vous été réduits à un tel malheur ? » La fille de Céluta repartit : « Nous sommes les restes des Natchez. Après le massacre que les Français firent de notre nation pour venger leurs frères, ceux de nos frères qui échappèrent aux vainqueurs trouvèrent un asile chez les Chikassas nos voisins. Nous y sommes demeurés assez longtemps tranquilles ; mais il y a sept lunes que les blancs de la Virginie se sont emparés de nos terres, en disant qu'elles leur ont été données par un roi d'Europe. Nous avons levé les yeux au ciel, et chargés des restes de nos aïeux, nous avons pris notre route à travers le désert. Je suis accouchée pendant la marche ; et comme mon lait était mauvais, à cause de la douleur, il a fait mourir mon enfant. » En disant cela, la jeune mère essuya ses yeux avec sa chevelure ; je pleurais aussi.

Or, je dis bientôt : « Ma sœur, adorons le grand Esprit, tout arrive par son ordre. Nous sommes tous voyageurs ; nos pères l'ont été comme nous ; mais il y a un lieu où nous nous reposerons. Si je ne craignais d'avoir la langue aussi légère que celle d'un blanc, je vous demanderais si vous avez entendu parler de Chactas, le Natché ? » À ces mots, l'Indienne me regarda et me dit : « Qui est-ce qui vous a parlé de Chactas, le Natché ? » Je répondis : « C'est la sagesse. » L'Indienne reprit : « Je vous dirai ce que je sais, parce que vous avez éloigné les mouches du corps de mon fils, et que vous venez de dire de belles paroles sur le grand Esprit. Je suis la fille de René l'Européen, que Chactas avait adopté. Chactas, qui avait reçu le baptême, et René mon aïeul si malheureux, ont péri dans le massacre. — L'homme va toujours de douleur en douleur, répondis-je en m'inclinant. Vous pourriez donc aussi m'apprendre des nouvelles du père Aubry ? — Il n'a pas été plus heureux que Chactas, dit l'Indienne. Les Chéroquois, ennemis des Français, pénétrèrent à sa Mission; ils y furent conduits par le son de la cloche qu'on sonnait pour secourir les voyageurs. Le père Aubry se pouvait sauver; mais il ne voulut pas abandonner ses enfants, et il demeura pour les encourager à mourir, par son exemple. Il fut brûlé avec de grandes tortures; jamais on ne put tirer de lui un cri qui tournât à la honte de son Dieu, ou au déshonneur de sa patrie. Il ne cessa, durant le supplice, de prier pour ses bourreaux, et de compatir au sort des victimes. Pour lui arracher une marque de faiblesse, les Chéroquois amenèrent à ses pieds un Sauvage chrétien, qu'ils avaient horriblement mutilé. Mais ils furent bien surpris, quand ils virent le jeune homme se jeter à genoux, et baiser les plaies du vieil ermite qui lui criait: "Mon enfant, nous avons été mis en spectacle aux anges et aux hommes." Les Indiens furieux lui plongèrent un fer rouge dans la gorge, pour l'empêcher de parler. Alors ne pouvant plus consoler les hommes, il expira.

«On dit que les Chéroquois, tout accoutumés qu'ils étaient à voir des Sauvages souffrir avec constance, ne purent s'empêcher d'avouer qu'il y avait dans l'humble courage du père Aubry, quelque chose qui leur était inconnu, et qui surpassait tous les courages de la terre. Plusieurs d'entre eux, frappés de cette mort, se sont faits chrétiens.

«Quelques années après, Chactas, à son retour de la terre des blancs, ayant appris les malheurs du chef de la prière, partit pour aller recueillir ses cendres et celles d'Atala. Il arriva à l'endroit où était située la Mission, mais il put à peine le reconnaître. Le lac s'était débordé, et la savane était changée en un marais; le pont naturel, en s'écroulant, avait enseveli sous ses débris le tombeau d'Atala et les Bocages de la mort. Chactas erra longtemps dans ce lieu; il visita la grotte du Solitaire qu'il trouva remplie de ronces et de framboisiers, et dans laquelle une biche allaitait son faon. Il s'assit sur le rocher de la Veillée de la mort, où il ne vit que quelques plumes tombées de l'aile de l'oiseau de passage. Tandis qu'il y pleurait, le serpent familier du missionnaire sortit des broussailles voisines, et vint s'entortiller à ses pieds. Chactas réchauffa dans son sein ce fidèle ami, resté seul au milieu de ces ruines. Le fils d'Outalissi a raconté que plusieurs fois aux approches de la nuit, il avait cru voir les ombres d'Atala et du père Aubry s'élever dans la vapeur du crépuscule. Ces visions le remplirent d'une religieuse frayeur et d'une joie triste.

« Après avoir cherché vainement le tombeau de sa sœur et celui de l'ermite, il était près d'abandonner ces lieux, lorsque la biche de la grotte se mit à bondir devant lui. Elle s'arrêta au pied de la croix de la Mission. Cette croix était alors à moitié entourée d'eau ; son bois était rongé de mousse, et le pélican du désert aimait à se percher sur ses bras vermoulus. Chactas jugea que la biche reconnaissante l'avait conduit au tombeau de son hôte. Il creusa sous la roche qui jadis servait d'autel, et il y trouva les restes d'un homme et d'une femme. Il ne douta point que ce ne fussent ceux du prêtre et de la vierge, que les anges avaient peut-être ensevelis dans ce lieu ; il les enveloppa dans des peaux d'ours, et reprit le chemin de son pays emportant les précieux restes, qui résonnaient sur ses épaules comme le carquois de la mort. La nuit, il les mettait sous sa tête, et il avait des songes d'amour et de vertu. Ô étranger, tu peux contempler ici cette poussière avec celle de Chactas lui-même ! »

Comme l'Indienne achevait de prononcer ces mots, je me levai ; je m'approchai des cendres sacrées, et me prosternai devant elle en silence. Puis m'éloignant à grands pas, je m'écriai : « Ainsi passe sur la terre tout ce qui fut bon, vertueux, sensible ! Homme, tu n'es qu'un songe rapide, un rêve douloureux ; tu n'existes que par le malheur ; tu n'es quelque chose que par la tristesse de ton âme et l'éternelle mélancolie de ta pensée ! »

Ces réflexions m'occupèrent toute la nuit. Le lendemain, au point du jour, mes hôtes me quittèrent. Les jeunes guerriers ouvraient la marche, et les épouses la fermaient ; les premiers étaient chargés des saintes reliques ; les secondes portaient leurs nouveau-nés ; les vieillards cheminaient lentement au milieu, placés entre leurs aïeux et leur postérité, entre les souvenirs et l'espérance, entre la patrie perdue et la patrie à venir. Oh ! que de larmes sont répandues, lorsqu'on abandonne ainsi la terre natale, lorsque du haut de la colline de l'exil, on découvre pour la dernière fois le toit où l'on fut nourri et le fleuve de la cabane, qui continue de couler tristement à travers les champs solitaires de la patrie !

Indiens infortunés que j'ai vus errer dans les désert du Nouveau-Monde, avec les cendres de vos aïeux, vous qui m'aviez donné l'hospitalité malgré votre misère, je ne pourrais vous la rendre aujourd'hui, car j'erre, ainsi que vous, à la merci des hommes ; et moins heureux dans mon exil, je n'ai point emporté les os de mes pères.

René

1802

En arrivant chez les Natchez, René avait été obligé de prendre une épouse, pour se conformer aux mœurs des Indiens, mais il ne vivait point avec elle. Un penchant mélancolique l'entraînait au fond des bois ; il y passait seul des journées entières, et semblait sauvage parmi les sauvages. Hors Chactas, son père adoptif, et le père Souël, missionnaire au fort Rosalie*, il avait renoncé au commerce des hommes. Ces deux vieillards avaient pris beaucoup d'empire sur son cœur : le premier, par une indulgence aimable ; l'autre, au contraire, par une extrême sévérité. Depuis la chasse du castor, où le Sachem aveugle raconta ses aventures à René, celui-ci n'avait jamais voulu parler des siennes. Cependant Chactas et le missionnaire désiraient vivement connaître par quel malheur un Européen bien né avait été conduit à l'étrange résolution de s'ensevelir dans les déserts de la Louisiane. René avait toujours donné pour motif de ses refus le peu d'intérêt de son histoire, qui se bornait, disait-il, à celles de ses pensées et de ses sentiments. « Quant à l'événement qui m'a déterminé à passer en Amérique, ajoutait-il, je le dois ensevelir dans un éternel oubli. »

Quelques années s'écoulèrent de la sorte, sans que les deux vieillards lui pussent arracher son secret. Une lettre qu'il reçut d'Europe, par le bureau des Missions étrangères, redoubla tellement sa tristesse, qu'il fuyait jusqu'à ses vieux amis. Ils n'en furent que plus ardents à le presser de leur ouvrir son cœur ; ils y mirent tant de discrétion, de douceur et d'autorité, qu'il fut enfin obligé de les satisfaire. Il prit donc jour avec eux pour leur raconter, non les aventures de sa vie, puisqu'il n'en avait point éprouvé, mais les sentiments secrets de son âme.

Le 21 de ce mois que les sauvages appellent la lune des fleurs, René se rendit à la cabane de Chactas. Il donna le bras au Sachem, et le conduisit sous un sassafras, au bord du Meschacebé. Le père Souël ne tarda pas à arriver au rendez-vous. L'aurore se levait : à quelque distance dans la plaine, on apercevait le village des Natchez, avec son bocage de mûriers et ses cabanes qui ressemblent

* Colonie française aux Natchez.

à des ruches d'abeilles. La colonie française et le fort Rosalie se montraient sur la droite, au bord du fleuve. Des tentes, des maisons à moitié bâties, des forteresses commencées, des défrichements couverts de nègres, des groupes de blancs et d'Indiens, présentaient, dans ce petit espace, le contraste des mœurs sociales et des mœurs sauvages. Vers l'orient, au fond de la perspective, le soleil commençait à paraître entre les sommets brisés des Apalaches, qui se dessinaient comme des caractères d'azur dans les hauteurs dorées du ciel; à l'occident, le Meschacebé roulait ses ondes dans un silence magnifique et formait la bordure du tableau avec une inconcevable grandeur.

Le jeune homme et le missionnaire admirèrent quelque temps cette belle scène, en plaignant le Sachem, qui ne pouvait plus en jouir; ensuite le père Souël et Chactas s'assirent sur le gazon, au pied de l'arbre; René prit sa place au milieu d'eux, et, après, un moment de silence, il parla de la sorte à ses vieux amis:

«Je ne puis, en commençant mon récit, me défendre d'un mouvement de honte. La paix de vos cœurs, respectables vieillards, et le calme de la nature autour de moi me font rougir du trouble et de l'agitation de mon âme.

«Combien vous aurez pitié de moi! que mes éternelles inquiétudes vous paraîtront misérables! Vous qui avez épuisé tous les chagrins de la vie, que penserez-vous d'un jeune homme sans force et sans vertu, qui trouve en lui-même son tourment et ne peut guère se plaindre que des maux qu'il se fait à lui-même? Hélas! ne le condamnez pas: il a été trop puni!

«J'ai coûté la vie à ma mère en venant au monde; j'ai été tiré de son sein avec le fer. J'avais un frère, que mon père bénit, parce qu'il voyait en lui son fils aîné. Pour moi, livré de bonne heure à des mains étrangères, je fus élevé loin du toit paternel.

«Mon humeur était impétueuse, mon caractère inégal. Tour à tour bruyant et joyeux, silencieux et triste, je rassemblais autour de moi mes jeunes compagnons, puis, les abandonnant tout à coup, j'allais m'asseoir à l'écart pour contempler la nue fugitive ou entendre la pluie tomber sur le feuillage.

«Chaque automne je revenais au château paternel, situé au milieu des forêts, près d'un lac, dans une province reculée.

«Timide et contraint devant mon père, je ne trouvais l'aise et le contentement qu'auprès de ma sœur Amélie. Une douce conformité d'humeur et de goûts m'unissait étroitement à cette sœur ; elle était un peu plus âgée que moi. Nous aimions à gravir les coteaux ensemble, à voguer sur le lac, à parcourir les bois à la chute des feuilles : promenades dont le souvenir remplit encore mon âme de délices. Ô illusion de l'enfance et de la patrie, ne perdez-vous jamais vos douceurs !

« Tantôt nous marchions en silence, prêtant l'oreille au sourd mugissement de l'automne ou au bruit des feuilles séchées que nous traînions tristement sous nos pas ; tantôt, dans nos jeux innocents, nous poursuivions l'hirondelle dans la prairie, l'arc-en-ciel sur les collines pluvieuses ; quelquefois aussi nous murmurions des vers que nous inspirait le spectacle de la nature. Jeune, je cultivais les Muses ; il n'y a rien de plus poétique, dans la fraîcheur de ses passions, qu'un cœur de seize années. Le matin de la vie est comme le matin du jour, plein de pureté, d'images et d'harmonies.

« Les dimanches et les jours de fête, j'ai souvent entendu dans le grand bois, à travers les arbres, les sons de la cloche lointaine, qui appelait au temple l'homme des champs. Appuyé contre le tronc d'un ormeau, j'écoutais en silence le pieux murmure. Chaque frémissement de l'airain portait à mon âme naïve l'innocence des mœurs champêtres, le calme de la solitude, le charme de la religion et la délectable mélancolie des souvenirs de ma première enfance ! Oh ! quel cœur si mal fait n'a tressailli au bruit des cloches de son lieu natal, de ces cloches qui frémirent de joie sur son berceau, qui annoncèrent son avènement à la vie, qui marquèrent le premier battement de son cœur, qui publièrent dans tous les lieux d'alentour la sainte allégresse de son père, les douleurs et les joies encore plus ineffables de sa mère ! Tout se trouve dans les rêveries enchantées où nous plonge le bruit de la cloche natale : religion, famille, patrie, et le berceau et la tombe, et le passé et l'avenir.

« Il est vrai qu'Amélie et moi nous jouissions plus que personne de ces idées graves et tendres, car nous avions tous les deux un peu de tristesse au fond du cœur : nous tenions cela de Dieu ou de notre mère.

« Cependant mon père fut atteint d'une maladie qui le conduisit en peu de jours au tombeau. Il expira dans mes bras. J'appris à connaître la mort sur les lèvres de celui qui m'avait donné la vie. Cette impression fut grande ; elle dure encore. C'est la première fois que l'immortalité de l'âme s'est présentée clairement à mes yeux. Je ne pus croire que ce corps inanimé était en moi l'auteur de la pensée ; je sentis qu'elle devait venir d'une autre source, et, dans une sainte douleur, qui approchait de la joie, j'espérai me joindre un jour à l'esprit de mon père.

« Un autre phénomène me confirma dans cette haute idée. Les traits paternels avaient pris au cercueil quelque chose de sublime. Pourquoi cet étonnant mystère ne serait-il pas l'indice de notre immortalité ? Pourquoi la mort, qui sait tout, n'aurait-elle pas gravé sur le front de sa victime les secrets d'un autre univers ? Pourquoi n'y aurait-il pas dans la tombe quelque grande vision de l'éternité ?

« Amélie, accablée de douleur, était retirée au fond d'une tour, d'où elle entendit retentir, sous les voûtes du château gothique, le chant des prêtres du convoi et les sons de la cloche funèbre.

« J'accompagnai mon père à son dernier asile ; la terre se referma sur sa dépouille ; l'éternité et l'oubli le pressèrent de tout leur poids : le soir même l'indifférent passait sur sa tombe ; hors pour sa fille et pour son fils, c'était déjà comme s'il n'avait jamais été.

« Il fallut quitter le toit paternel, devenu l'héritage de mon frère. Je me retirai avec Amélie chez de vieux parents.

« Arrêté à l'entrée des voies trompeuses de la vie, je les considérais l'une après l'autre sans m'y oser engager. Amélie m'entretenait souvent du bonheur de la vie religieuse ; elle me disait que j'étais le seul lien qui la retînt dans le monde, et ses yeux s'attachaient sur moi avec tristesse.

« Le cœur ému par ces conversations pieuses, je portais souvent mes pas vers un monastère voisin de mon nouveau séjour ; un moment même j'eus la tentation d'y cacher ma vie. Heureux ceux qui ont fini leur voyage sans avoir quitté le port, et qui n'ont point, comme moi, traîné d'inutiles jours sur la terre !

« Les Européens, incessamment agités, sont obligés de se bâtir des solitudes. Plus notre cœur est tumultueux et bruyant, plus le calme et le silence nous attirent. Ces hospices de mon pays, ouverts aux malheureux et aux faibles, sont souvent cachés dans des vallons qui portent au cœur le vague sentiment de l'infortune et l'espérance d'un abri ; quelquefois aussi on les découvre sur de hauts sites où l'âme religieuse, comme une plante des montagnes, semble s'élever vers le ciel pour lui offrir ses parfums.

« Je vois encore le mélange majestueux des eaux et des bois de cette antique abbaye où je pensai dérober ma vie au caprice du sort ; j'erre encore au déclin du jour dans ces cloîtres retentissants et solitaires. Lorsque la lune éclairait à demi les piliers des arcades et dessinait leur ombre sur le mur opposé, je m'arrêtais à contempler la croix qui marquait le champ de la mort et les longues herbes qui croissaient entre les pierres des tombes. Ô hommes qui, ayant vécu loin du monde, avez passé du silence de la vie au silence de la mort, de quel dégoût de la terre vos tombeaux ne remplissaient-ils pas mon cœur !

« Soit inconstance naturelle, soit préjugé contre la vie monastique, je changeai mes desseins, je me résolus à voyager. Je dis adieu à ma sœur ; elle me serra dans ses bras avec un mouvement qui ressemblait à de la joie, comme si elle eût été heureuse de me quitter ; je ne pus me défendre d'une réflexion amère sur l'inconséquence des amitiés humaines.

« Cependant, plein d'ardeur, je m'élançai seul sur cet orageux océan du monde, dont je ne connaissais ni les ports ni les écueils. Je visitai d'abord les peuples qui ne sont plus : je m'en allai, m'asseyant sur les débris de Rome et de la Grèce, pays de forte et d'ingénieuse mémoire, où les palais sont ensevelis dans la poudre et les mausolées des rois cachés sous les ronces. Force de la nature et faiblesse de l'homme ! un brin d'herbe perce souvent le marbre le plus dur de ces tombeaux, que tous ces morts, si puissants, ne soulèveront jamais !

« Quelquefois une haute colonne se montrait seule debout dans un désert, comme une grande pensée s'élève par intervalles dans une âme que le temps et le malheur ont dévastée.

« Je méditai sur ces monuments dans tous les accidents et à toutes les heures de la journée. Tantôt ce même soleil qui avait vu jeter les fondements de ces cités se couchait majestueusement à mes yeux sur leurs ruines ; tantôt la lune se levant dans un ciel pur, entre deux urnes cinéraires à moitié brisées, me montrait les pâles tombeaux. Souvent, aux rayons de cet astre qui alimente les rêveries, j'ai cru voir le Génie des souvenirs assis tout pensif à mes côtés.

« Mais je me lassai de fouiller dans les cercueils, où je ne remuais trop souvent qu'une poussière criminelle.

« Je voulus voir si les races vivantes m'offriraient plus de vertus ou moins de malheurs que les races évanouies. Comme je me promenais un jour dans une grande cité, en passant derrière un palais, dans une cour retirée et déserte, j'aperçus une statue qui indiquait du doigt un lieu fameux par un sacrifice*. Je fus frappé du silence de ces lieux; le vent seul gémissait autour du marbre tragique. Des manœuvres étaient couchés avec indifférence au pied de la statue ou taillaient des pierres en sifflant. Je leur demandai ce que signifiait ce monument: les uns purent à peine me le dire, les autres ignoraient la catastrophe qu'il retraçait. Rien ne m'a plus donné la juste mesure des événements de la vie et du peu que nous sommes. Que sont devenus ces personnages qui firent tant de bruit? Le temps a fait un pas, et la face de la terre a été renouvelée.

«Je recherchai surtout dans mes voyages les artistes et ces hommes divins qui chantent les dieux sur la lyre et la félicité des peuples qui honorent les lois, la religion et les tombeaux.

«Ces chantres sont de race divine, ils possèdent le seul talent incontestable dont le ciel ait fait présent à la terre. Leur vie est à la fois naïve et sublime; ils célèbrent les dieux avec une bouche d'or, et sont les plus simples des hommes; ils causent comme des immortels ou comme de petits enfants; ils expliquent les lois de l'univers et ne peuvent comprendre les affaires les plus innocentes de la vie; ils ont des idées merveilleuses de la mort, et meurent sans s'en apercevoir, comme des nouveau-nés.

«Sur les monts de la Calédonie, le dernier barde qu'on ait ouï dans ces déserts me chanta les poèmes dont un héros consolait jadis sa vieillesse. Nous étions assis sur quatre pierres rongées de mousse; un torrent coulait à nos pieds; le chevreuil passait à quelque distance parmi les débris d'une tour, et le vent des mers sifflait sur la bruyère de Cona. Maintenant la religion chrétienne, fille aussi des hautes montagnes, a placé des croix sur les monuments des héros de Morven et touché la harpe de David au bord du même torrent où Ossian fit gémir la sienne. Aussi pacifique que les divinités de Selma étaient guerrières, elle garde des troupeaux où Fingal livrait des combats, et elle a répandu des anges de paix dans les nuages qu'habitaient des fantômes homicides.

«L'ancienne et riante Italie m'offrit la foule de ses chefs-d'œuvre. Avec quelle sainte et poétique horreur j'errais dans ces vastes édifices consacrés par les arts à la religion! Quel labyrinthe de colonnes! Quelle succession d'arches et de voûtes! Qu'ils sont beaux ces bruits qu'on entend autour des dômes, semblables aux rumeurs des flots dans l'Océan, aux murmures des vents dans

* À Londres, derrière Whitehall, la statue de Charles II.

les forêts ou à la voix de Dieu dans son temple ! L'architecte bâtit, pour ainsi dire, les idées du poète, et les fait toucher aux sens.

« Cependant qu'avais-je appris jusque alors avec tant de fatigue ? Rien de certain parmi les anciens, rien de beau parmi les modernes. Le passé et le présent sont deux statues incomplètes : l'une a été retirée toute mutilée du débris des âges, l'autre n'a pas encore reçu sa perfection de l'avenir.

« Mais peut-être, mes vieux amis, vous surtout, habitants du désert, êtes-vous étonnés que, dans ce récit de mes voyages, je ne vous aie pas une seule fois entretenus des monuments de la nature ?

« Un jour j'étais monté au sommet de l'Etna, volcan qui brûle au milieu d'une île. Je vis le soleil se lever dans l'immensité de l'horizon au-dessous de moi, la Sicile resserrée comme un point à mes pieds et la mer déroulée au loin dans les espaces. Dans cette vue perpendiculaire du tableau, les fleuves ne me semblaient plus que des lignes géographiques tracées sur une carte ; mais tandis que d'un côté mon œil apercevait ces objets, de l'autre il plongeait dans le cratère de l'Etna, dont je découvrais les entrailles brûlantes entre les bouffées d'une noire vapeur.

« Un jeune homme plein de passions, assis sur la bouche d'un volcan, et pleurant sur les mortels dont à peine il voyait à ses pieds les demeures, n'est sans doute, ô vieillards ! qu'un objet digne de votre pitié ; mais, quoi que vous puissiez penser de René, ce tableau vous offre l'image de son caractère et de son existence : c'est ainsi que toute ma vie j'ai eu devant les yeux une création à la fois immense et imperceptible et un abîme ouvert à mes côtés. »

En prononçant ces derniers mots, René se tut et tomba subitement dans la rêverie. Le père Souël le regardait avec étonnement, et le vieux Sachem aveugle, qui n'entendait plus parler le jeune homme, ne savait que penser de ce silence.

René avait les yeux attachés sur un groupe d'Indiens qui passaient gaiement dans la plaine. Tout à coup sa physionomie s'attendrit, des larmes coulent de ses yeux ; il s'écrie :

« Heureux sauvages ! oh ! que ne puis-je jouir de la paix qui vous accompagne toujours ! Tandis qu'avec si peu de fruit je parcourais tant de contrées, vous, assis tranquillement sous vos chênes, vous laissiez couler les jours sans les compter. Votre raison n'était que vos besoins, et vous arriviez mieux que moi au résultat de la sagesse, comme l'enfant, entre les jeux et le sommeil. Si cette mélancolie qui s'engendre de l'excès du bonheur atteignait quelquefois votre âme, bientôt vous sortiez de cette tristesse passagère et votre regard levé vers le ciel cherchait avec attendrissement ce je ne sais quoi inconnu qui prend pitié du pauvre sauvage. »

Ici la voix de René expira de nouveau, et le jeune homme pencha la tête sur sa poitrine. Chactas, étendant les bras dans l'ombre et prenant le bras de son fils, lui cria d'un ton ému : « Mon fils ! mon cher fils ! » À ces accents, le frère d'Amélie, revenant à lui et rougissant de son trouble, pria son père de lui pardonner.

Alors le vieux sauvage : « Mon jeune ami, les mouvements d'un cœur comme le tien ne sauraient être égaux ; modère seulement ce caractère qui t'a déjà fait tant de mal. Si tu souffres plus qu'un autre des choses de la vie, il ne faut pas t'en étonner : une grande âme doit contenir plus de douleurs qu'une petite. Continue ton récit. Tu nous as fait parcourir une partie de l'Europe, fais nous connaître ta patrie. Tu sais que j'ai vu la France et quels liens m'y ont attaché ; j'aimerais à entendre parler de ce grand chef* qui n'est plus et dont j'ai visité la superbe cabane. Mon enfant, je ne vis plus que pour la mémoire. Un vieillard avec ses souvenirs ressemble au chêne décrépit de nos bois : ce chêne ne se décore plus de son propre feuillage, mais il couvre quelquefois sa nudité des plantes étrangères qui ont végété sur ses antiques rameaux. »

Le frère d'Amélie, calmé par ces paroles, reprit ainsi l'histoire de son cœur :

« Hélas, mon père ! je ne pourrai t'entretenir de ce grand siècle dont je n'ai vu que la fin dans mon enfance, et qui n'était plus lorsque je rentrai dans ma patrie. Jamais un changement plus étonnant et plus soudain ne s'est opéré chez un peuple. De la hauteur du génie, du respect pour la religion, de la gravité des mœurs, tout était subitement descendu à la souplesse de l'esprit, à l'impiété, à la corruption.

« C'était donc bien vainement que j'avais espéré retrouver dans mon pays de quoi calmer cette inquiétude, cette ardeur de désir qui me suit partout. L'étude du monde ne m'avait rien appris, et pourtant je n'avais plus la douceur de l'ignorance.

« Ma sœur, par une conduite inexplicable, semblait se plaire à augmenter mon ennui ; elle avait quitté Paris quelques jours

* Louis XIV.

avant mon arrivée. Je lui écrivis que je comptais l'aller rejoindre ; elle se hâta de me répondre pour me détourner de ce projet, sous prétexte qu'elle était incertaine du lieu où l'appelleraient ses affaires. Quelles tristes réflexions ne fis-je point alors sur l'amitié, que la présence attiédit, que l'absence efface, qui ne résiste point au malheur, et encore moins à la prospérité !

« Je me trouvai bientôt plus isolé dans ma patrie que je ne l'avais été sur une terre étrangère. Je voulus me jeter pendant quelque temps dans un monde qui ne me disait rien et qui ne m'entendait pas. Mon âme, qu'aucune passion n'avait encore usée, cherchait un objet qui pût l'attacher ; mais je m'aperçus que je donnais plus que je ne recevais. Ce n'était ni un langage élevé ni un sentiment profond qu'on demandait de moi. Je n'étais occupé qu'à rapetisser ma vie, pour la mettre au niveau de la société. Traité partout d'esprit romanesque, honteux du rôle que je jouais, dégoûté de plus en plus des choses et des hommes, je pris le parti de me retirer dans un faubourg pour y vivre totalement ignoré.

« Je trouvai d'abord assez de plaisir dans cette vie obscure et indépendante. Inconnu, je me mêlais à la foule : vaste désert d'hommes !

« Souvent assis dans une église peu fréquentée, je passais des heures entières en méditation. Je voyais de pauvres femmes venir se prosterner devant le Très-Haut, ou des pécheurs s'agenouiller au tribunal de la pénitence. Nul ne sortait de ces lieux sans un visage plus serein, et les sourdes clameurs qu'on entendait au dehors semblaient être les flots des passions et les orages du monde qui venaient expirer au pied du temple du Seigneur. Grand Dieu, qui vis en secret couler mes larmes dans ces retraites sacrées, tu sais combien de fois je me jetai à tes pieds pour te supplier de me décharger du poids de l'existence, ou de changer en moi le vieil homme ! Ah ! qui n'a senti quelquefois le besoin de se régénérer, de se rajeunir aux eaux du torrent, de retremper son âme à la fontaine de vie ! Qui ne se trouve quelquefois accablé du fardeau de sa propre corruption et incapable de rien faire de grand, de noble, de juste !

« Quand le soir était venu, reprenant le chemin de ma retraite, je m'arrêtais sur les ponts pour voir se coucher le soleil. L'astre, enflammant les vapeurs de la cité, semblait osciller lentement dans un fluide d'or, comme le pendule de l'horloge des siècles.

Je me retirais ensuite avec la nuit, à travers un labyrinthe de rues solitaires. En regardant les lumières qui brillaient dans la demeure des hommes, je me transportais par la pensée au milieu des scènes de douleur et de joie qu'elles éclairaient, et je songeais que sous tant de toits habités je n'avais pas un ami. Au milieu de mes réflexions, l'heure venait frapper à coups mesurés dans la tour de la cathédrale gothique ; elle allait se répétant sur tous les tons, et à toutes les distances, d'église en église. Hélas ! chaque heure dans la société ouvre un tombeau et fait couler des larmes.

« Cette vie, qui m'avait d'abord enchanté, ne tarda pas à me devenir insupportable. Je me fatiguai de la répétition des mêmes scènes et des mêmes idées. Je me mis à sonder mon cœur, à me demander ce que je désirais. Je ne le savais pas, mais je crus tout à coup que les bois me seraient délicieux. Me voilà soudain résolu d'achever dans un exil champêtre une carrière à peine commencée et dans laquelle j'avais déjà dévoré des siècles.

« J'embrassai ce projet avec l'ardeur que je mets à tous mes desseins ; je partis précipitamment pour m'ensevelir dans une chaumière, comme j'étais parti autrefois pour faire le tour du monde.

« On m'accuse d'avoir des goûts inconstants, de ne pouvoir jouir longtemps de la même chimère, d'être la proie d'une imagination qui se hâte d'arriver au fond de mes plaisirs, comme si elle était accablée de leur durée ; on m'accuse de passer toujours le but que je puis atteindre : hélas ! je cherche seulement un bien inconnu dont l'instinct me poursuit. Est-ce ma faute si je trouve partout des bornes, si ce qui est fini n'a pour moi aucune valeur ? Cependant je sens que j'aime la monotonie des sentiments de la vie, et si j'avais encore la folie de croire au bonheur, je le chercherais dans l'habitude.

« La solitude absolue, le spectacle de la nature, me plongèrent bientôt dans un état presque impossible à décrire. Sans parents, sans amis, pour ainsi dire, sur la terre, n'ayant point encore aimé, j'étais accablé d'une surabondance de vie. Quelquefois je rougissais subitement, et je sentais couler dans mon cœur comme des ruisseaux d'une lave ardente ; quelquefois je poussais des cris involontaires, et la nuit était également troublée de mes songes et de mes veilles. Il me manquait quelque chose pour remplir l'abîme de mon existence : je descendais dans la vallée, je m'élevais sur la montagne, appelant de toute la force de mes désirs l'idéal objet d'une flamme future ; je l'embrassais dans les vents ; je croyais l'entendre dans les gémissements du fleuve ; tout était ce fantôme imaginaire, et les astres dans les cieux, et le principe même de vie dans l'univers.

« Toutefois cet état de calme et de trouble, d'indigence et de richesse, n'était pas sans quelques charmes : un jour je m'étais amusé à effeuiller une branche de saule sur un ruisseau et à attacher une idée à chaque feuille que le courant entraînait. Un roi qui craint de perdre sa couronne par une révolution subite ne ressent pas des angoisses plus vives que les miennes à chaque accident qui menaçait les débris de mon rameau. Ô faiblesse des mortels ! ô enfance du cœur humain qui ne vieillit jamais ! voilà donc à quel degré de puérilité notre superbe raison peut descendre ! Et encore est-il vrai que bien des hommes attachent leur destinée à des choses d'aussi peu de valeur que mes feuilles de saule.

« Mais comment exprimer cette foule de sensations fugitives que j'éprouvais dans mes promenades ? Les sons que rendent les passions dans le vide d'un cœur solitaire ressemblent au murmure que les vents et les eaux font entendre dans le silence d'un désert : on en jouit, mais on ne peut les peindre.

« L'automne me surprit au milieu de ces incertitudes : j'entrai avec ravissement dans les mois des tempêtes. Tantôt j'aurais voulu être un de ces guerriers errant au milieu des vents, des nuages et des fantômes ; tantôt j'enviais jusqu'au sort du pâtre que je voyais réchauffer ses mains à l'humble feu de broussailles qu'il avait allumé au coin d'un bois. J'écoutais ses chants mélancoliques, qui me rappelaient que dans tout pays le chant naturel de l'homme est triste, lors même qu'il exprime le bonheur. Notre cœur est un instrument incomplet, une lyre où il manque des cordes et où nous sommes forcés de rendre les accents de la joie sur le ton consacré aux soupirs.

« Le jour, je m'égarais sur de grandes bruyères terminées par des forêts. Qu'il fallait peu de chose à ma rêverie ! une feuille séchée que le vent chassait devant moi, une cabane dont la fumée s'élevait dans la cime dépouillée des arbres, la mousse qui tremblait au souffle du nord sur le tronc d'un chêne, une roche écartée, un étang désert où le jonc flétri murmurait ! Le clocher solitaire s'élevant au loin dans la vallée a souvent attiré mes regards ; souvent j'ai suivi des yeux les oiseaux de passage qui volaient au-dessus de ma tête. Je me figurais les bords ignorés, les climats lointains où ils se rendent; j'aurais voulu être sur leurs ailes. Un secret instinct me tourmentait; je sentais que je n'étais moi-même qu'un voyageur, mais une voix du ciel semblait me dire: "Homme, la saison de ta migration n'est pas encore venue; attends que le vent de la mort se lève, alors tu déploieras ton vol vers ces régions inconnues que ton cœur demande."

«Levez-vous vite, orages désirés qui devez emporter René dans les espaces d'une autre vie! Ainsi disant, je marchais à grands pas, le visage enflammé, le vent sifflant dans ma chevelure, ne sentant ni pluie, ni frimas, enchanté, tourmenté et comme possédé par le démon de mon cœur.

«La nuit, lorsque l'aquilon ébranlait ma chaumière, que les pluies tombaient en torrent sur mon toit, qu'à travers ma fenêtre je voyais la lune sillonner les nuages amoncelés, comme un pâle vaisseau qui laboure les vagues, il me semblait que la vie redoublait au fond de mon cœur, que j'aurais la puissance de créer des mondes. Ah! si j'avais pu faire partager à une autre les transports que j'éprouvais! Ô Dieu! si tu m'avais donné une femme selon mes désirs; si, comme à notre premier père, tu m'eusses amené par la main une Ève tirée de moi-même... Beauté céleste! je me serais prosterné devant toi, puis, te prenant dans mes bras, j'aurais prié l'Éternel de te donner le reste de ma vie.

«Hélas! j'étais seul, seul sur la terre! Une langueur secrète s'emparait de mon corps. Ce dégoût de la vie que j'avais ressenti dès mon enfance revenait avec une force nouvelle. Bientôt mon cœur ne fournit plus d'aliment à ma pensée, et je ne m'apercevais de mon existence que par un profond sentiment d'ennui.

«Je luttai quelque temps contre mon mal, mais avec indifférence et sans avoir la ferme résolution de le vaincre. Enfin, ne pouvant trouver de remède à cette étrange blessure de mon cœur, qui n'était nulle part et qui était partout, je résolus de quitter la vie.

«Prêtre du Très-Haut, qui m'entendez, pardonnez à un malheureux que le ciel avait presque privé de la raison. J'étais plein de religion, et je raisonnais en impie; mon cœur aimait Dieu, et mon esprit le méconnaissait; ma conduite, mes discours, mes sentiments, mes pensées, n'étaient que contradiction, ténèbres, mensonges. Mais l'homme sait-il bien toujours ce qu'il veut, est-il toujours sûr de ce qu'il pense?

«Tout m'échappait à la fois, l'amitié, le monde, la retraite. J'avais essayé de tout, et tout m'avait été fatal. Repoussé par la société, abandonné d'Amélie quand la solitude vint à me manquer, que me restait-il ? C'était la dernière planche sur laquelle j'avais espéré me sauver, et je la sentais encore s'enfoncer dans l'abîme !

«Décidé que j'étais à me débarrasser du poids de la vie, je résolus de mettre toute ma raison dans cet acte insensé. Rien ne me pressait ; je ne fixai point le moment du départ, afin de savourer à longs traits les derniers moments de l'existence et de recueillir toutes mes forces, à l'exemple d'un ancien, pour sentir mon âme s'échapper.

«Cependant je crus nécessaire de prendre des arrangements concernant ma fortune, et je fus obligé d'écrire à Amélie. Il m'échappa quelques plaintes sur son oubli, et je laissai sans doute percer l'attendrissement qui surmontait peu à peu mon cœur. Je m'imaginais pourtant avoir bien dissimulé mon secret ; mais ma sœur, accoutumée à lire dans les replis de mon âme, le devina sans peine. Elle fut alarmée du ton de contrainte qui régnait dans ma lettre et de mes questions sur des affaires dont je ne m'étais jamais occupé. Au lieu de me répondre, elle me vint tout à coup surprendre.

«Pour bien sentir quelle dut être dans la suite l'amertume de ma douleur et quels furent mes premiers transports en revoyant Amélie, il faut vous figurer que c'était la seule personne au monde que j'eusse aimée, que tous mes sentiments se venaient confondre en elle avec la douceur des souvenirs de mon enfance. Je reçus donc Amélie dans une sorte d'extase de cœur. Il y avait si longtemps que je n'avais trouvé quelqu'un qui m'entendit et devant qui je pusse ouvrir mon âme !

«Amélie se jetant dans mes bras me dit : "Ingrat, tu veux mourir, et ta sœur existe ! Tu soupçonnes son cœur ! Ne t'explique point, ne t'excuse point, je sais tout ; j'ai tout compris, comme si j'avais été avec toi. Est-ce moi que l'on trompe, moi qui ai vu naître tes premiers sentiments ? Voilà ton malheureux caractère, tes dégoûts, tes injustices. Jure, tandis que je te presse sur mon cœur, jure que c'est la dernière fois que tu te livreras à tes folies ; fais le serment de ne jamais attenter à tes jours."

«En prononçant ces mots Amélie me regardait avec compassion et tendresse, et couvrait mon front de ses baisers ; c'était presque une mère, c'était quelque chose de plus tendre. Hélas !

mon cœur se rouvrit à toutes les joies; comme un enfant je ne demandais qu'à être consolé; je cédai à l'empire d'Amélie: elle exigea un serment solennel; je le fis sans hésiter, ne soupçonnant même pas que désormais je pusse être malheureux.

«Nous fûmes plus d'un mois à nous accoutumer à l'enchantement d'être ensemble. Quand le matin, au lieu de me trouver seul, j'entendais la voix de ma sœur, j'éprouvais un tressaillement de joie et de bonheur. Amélie avait reçu de la nature quelque chose de divin; son âme avait les mêmes grâces innocentes que son corps; la douceur de ses sentiments était infinie; il n'y avait rien que de suave et d'un peu rêveur dans son esprit; on eût dit que son cœur, sa pensée et sa voix soupiraient comme de concert; elle tenait de la femme la timidité et l'amour, et de l'ange la pureté et la mélodie.

«Le moment était venu où j'allais expier toutes mes inconséquences. Dans mon délire, j'avais été jusqu'à désirer d'éprouver un malheur, pour avoir du moins un objet réel de souffrance: épouvantable souhait que Dieu, dans sa colère, a trop exaucé!

«Que vais-je vous révéler, ô mes amis! voyez les pleurs qui coulent de mes yeux. Puis-je même... Il y a quelques jours, rien n'aurait pu m'arracher ce secret... À présent, tout est fini!

«Toutefois, ô vieillards! que cette histoire soit à jamais ensevelie dans le silence: souvenez-vous qu'elle n'a été racontée que sous l'arbre du désert.

«L'hiver finissait lorsque je m'aperçus qu'Amélie perdait le repos et la santé, qu'elle commençait à me rendre. Elle maigrissait; ses yeux se creusaient, sa démarche était languissante et sa voix troublée. Un jour je la surpris tout en larmes au pied d'un crucifix. Le monde, la solitude, mon absence, ma présence, la nuit, le jour, tout l'alarmait. D'involontaires soupirs venaient expirer sur ses lèvres; tantôt elle soutenait sans se fatiguer une longue course; tantôt elle se traînait à peine: elle prenait et laissait son ouvrage, ouvrait un livre sans pouvoir lire, commençait une phrase qu'elle n'achevait pas, fondait tout à coup en pleurs, et se retirait pour prier.

«En vain je cherchais à découvrir son secret. Quand je l'interrogeais en la pressant dans mes bras, elle me répondait avec un sourire qu'elle était comme moi, qu'elle ne savait pas ce qu'elle avait.

«Trois mois se passèrent de la sorte, et son état devenait pire chaque jour. Une correspondance mystérieuse me semblait être la cause de ses larmes, car elle paraissait, ou plus tranquille, ou plus émue, selon les lettres qu'elle recevait. Enfin, un matin, l'heure à laquelle nous déjeunions ensemble étant passée, je monte à son appartement ; je frappe : on ne me répond point ; j'entrouvre la porte : il n'y avait personne dans la chambre. J'aperçois sur la cheminée un paquet à mon adresse. Je le saisis en tremblant, je l'ouvre, et je lis cette lettre, que je conserve pour m'ôter à l'avenir tout mouvement de joie.

"À René.

"Le ciel m'est témoin, mon frère, que je donnerais mille fois ma vie pour vous épargner un moment de peine ; mais, infortunée que je suis, je ne puis rien pour votre bonheur. Vous me pardonnerez donc de m'être dérobée de chez vous comme une coupable ; je n'aurais jamais pu résister à vos prières, et cependant il fallait partir... Mon Dieu, ayez pitié de moi !

"Vous savez, René, que j'ai toujours eu du penchant pour la vie religieuse ; il est temps que je mette à profit les avertissements du ciel. Pourquoi ai-je attendu si tard ! Dieu m'en punit. J'étais restée pour vous dans le monde... Pardonnez, je suis toute troublée par le chagrin que j'ai de vous quitter.

"C'est à présent, mon cher frère, que je sens bien la nécessité de ces asiles contre lesquels je vous ai vu souvent vous élever. Il est des malheurs qui nous séparent pour toujours des hommes : que deviendraient alors de pauvres infortunées !... Je suis persuadée que vous-même, mon frère, vous trouveriez le repos dans ces retraites de la religion : la terre n'offre rien qui soit digne de vous.

"Je ne vous rappellerai point votre serment : je connais la fidélité de votre parole. Vous l'avez juré, vous vivrez pour moi. Y a-t-il rien de plus misérable que de songer sans cesse à quitter la vie ? Pour un homme de votre caractère, il est si aisé de mourir ! Croyez-en votre sœur, il est plus difficile de vivre.

"Mais, mon frère, sortez au plus vite de la solitude, qui ne vous est pas bonne ; cherchez quelque occupation. Je sais que vous riez amèrement de cette nécessité où l'on est en France de prendre un état. Ne méprisez pas tant l'expérience et la sagesse de nos pères. Il vaut mieux, mon cher René, ressembler un peu plus au commun des hommes et avoir un peu moins de malheur.

"Peut-être trouveriez-vous dans le mariage un soulagement à vos ennuis. Une femme, des enfants occuperaient vos jours. Et quelle est la femme qui ne chercherait pas à vous rendre heureux !

L'ardeur de votre âme, la beauté de votre génie, votre air noble et passionné, ce regard fier et tendre, tout vous assurerait de son amour et de sa fidélité. Ah! avec quelles délices ne te presserait-elle pas dans ses bras et sur son cœur! Comme tous ses regards, toutes ses pensées, seraient attachés sur toi pour prévenir tes moindres peines! Elle serait tout amour, tout innocence devant toi: tu croirais retrouver une sœur.

"Je pars pour le couvent de... Ce monastère, bâti au bord de la mer, convient à la situation de mon âme. La nuit, du fond de ma cellule, j'entendrai le murmure des flots qui baignent les murs du couvent; je songerai à ces promenades que je faisais avec vous au milieu des bois, alors que nous croyions retrouver le bruit des mers dans la cime agitée des pins. Aimable compagnon de mon enfance, est-ce que je ne vous verrai plus? À peine plus âgée que vous, je vous balançais dans votre berceau; souvent nous avons dormi ensemble. Ah! si un même tombeau nous réunissait un jour! Mais non, je dois dormir seule sous les marbres glacés de ce sanctuaire où reposent pour jamais ces filles qui n'ont point aimé.

"Je ne sais si vous pourrez lire ces lignes à demi effacées par mes larmes. Après tout, mon ami, un peu plus tôt, un peu plus tard, n'aurait-il pas fallu nous quitter? Qu'ai-je besoin de vous entretenir de l'incertitude et du peu de valeur de la vie? Vous vous rappelez le jeune M... qui fit naufrage à l'Ile-de-France. Quand vous reçûtes sa dernière lettre, quelques mois après sa mort, sa dépouille terrestre n'existait même plus, et l'instant où vous commenciez son deuil en Europe était celui où on le finissait aux Indes. Qu'est-ce donc que l'homme, dont la mémoire périt si vite? Une partie de ses amis ne peut apprendre sa mort que l'autre n'en soit déjà consolée! Quoi, cher et trop cher René, mon souvenir s'effacera-t-il si promptement de ton cœur? Ô mon frère! si je m'arrache à vous dans le temps, c'est pour n'être pas séparée de vous dans l'éternité.

Amélie.

P. S. Je joins ici l'acte de la donation de mes biens; j'espère que vous ne refuserez pas cette marque de mon amitié."

«La foudre qui fût tombée à mes pieds ne m'eût pas causé plus d'effroi que cette lettre. Quel secret Amélie me cachait-elle?

Qui la forçait si subitement à embrasser la vie religieuse? Ne m'avait-elle rattaché à l'existence par le charme de l'amitié que pour me délaisser tout à coup? Oh! pourquoi était-elle venue me détourner de mon dessein! Un mouvement de pitié l'avait rappelée auprès de moi; mais bientôt, fatiguée d'un pénible devoir, elle se hâte de quitter un malheureux qui n'avait qu'elle sur la terre. On croit avoir tout fait quand on a empêché un homme de mourir! Telles étaient mes plaintes. Puis, faisant un retour sur moi-même. "Ingrate Amélie, disais-je, si tu avais été à ma place, si comme moi tu avais été perdue dans le vide de tes jours, ah! tu n'aurais pas été abandonnée de ton frère!"

« Cependant, quand je relisais la lettre, j'y trouvais je ne sais quoi de si triste et de si tendre, que tout mon cœur se fondait. Tout à coup il me vint une idée qui me donna quelque espérance: je m'imaginai qu'Amélie avait peut-être conçu une passion pour un homme qu'elle n'osait avouer. Ce soupçon sembla m'expliquer sa mélancolie, sa correspondance mystérieuse et le ton passionné qui respirait dans sa lettre. Je lui écrivis aussitôt pour la supplier de m'ouvrir son cœur.

«Elle ne tarda pas à me répondre, mais sans me découvrir son secret: elle me mandait seulement qu'elle avait obtenu les dispenses du noviciat et qu'elle allait prononcer ses vœux.

«Je fus révolté de l'obstination d'Amélie, du mystère de ses paroles et de son peu de confiance en mon amitié.

«Après avoir hésité un moment sur le parti que j'avais à prendre, je résolus d'aller à B... pour faire un dernier effort auprès de ma sœur. La terre où j'avais été élevé se trouvait sur la route. Quand j'aperçus les bois où j'avais passé les seuls moments heureux de ma vie, je ne pus retenir mes larmes, et il me fut impossible de résister à la tentation de leur dire un dernier adieu.

«Mon frère aîné avait vendu l'héritage paternel, et le nouveau propriétaire ne l'habitait pas. J'arrivai au château par la longue avenue de sapins; je traversai à pied les cours désertes; je m'arrêtai à regarder les fenêtres fermées ou demi-brisées, le chardon qui croissait au pied des murs, les feuilles qui jonchaient le seuil des portes, et ce perron solitaire où j'avais vu si souvent mon père et ses fidèles serviteurs. Les marches étaient déjà couvertes de mousses; le violier jaune croissait entre leurs pierres déjointes et tremblantes. Un gardien inconnu m'ouvrit brusquement les portes. J'hésitais à franchir le seuil; cet homme s'écria: "Eh bien!

allez-vous faire comme cette étrangère qui vint ici il y a quelques jours ? Quand ce fut pour entrer, elle s'évanouit, et je fus obligé de la reporter à sa voiture." Il me fut aisé de reconnaître l'étrangère qui, comme moi, était venue chercher dans ces lieux des pleurs et des souvenirs !

« Couvrant un moment mes yeux de mon mouchoir, j'entrai sous le toit de mes ancêtres. Je parcourus les appartements sonores où l'on n'entendait que le bruit de mes pas. Les chambres étaient à peine éclairées par la faible lumière qui pénétrait entre les volets fermés ; je visitai celle où ma mère avait perdu la vie en me mettant au monde, celle où se retirait mon père, celle où j'avais dormi dans mon berceau, celle enfin où l'amitié avait reçu mes premiers vœux dans le sein d'une sœur. Partout les salles étaient détendues, et l'araignée filait sa toile dans les couches abandonnées. Je sortis précipitamment de ces lieux, je m'en éloignai à grands pas, sans oser tourner la tête. Qu'ils sont doux, mais qu'ils sont rapides, les moments que les frères et les sœurs passent dans leurs jeunes années, réunis sous l'aile de leurs vieux parents ! La famille de l'homme n'est que d'un jour : le souffle de Dieu la disperse comme une fumée. À peine le fils connaît-il le père, le père le fils, le frère la sœur, la sœur le frère ! Le chêne voit germer ses glands autour de lui : il n'en est pas ainsi des enfants des hommes !

« En arrivant à B... je me fis conduire au couvent ; je demandai à parler à ma sœur. On me dit qu'elle ne recevait personne. Je lui écrivis : elle me répondit que, sur le point de se consacrer à Dieu, il ne lui était pas permis de donner une pensée au monde ; que si je l'aimais, j'éviterais de l'accabler de ma douleur. Elle ajoutait : "Cependant, si votre projet est de paraître à l'autel le jour de ma profession, daignez m'y servir de père : ce rôle est le seul digne de votre courage, le seul qui convienne à notre amitié et à mon repos."

« Cette froide fermeté qu'on opposait à l'ardeur de mon amitié me jeta dans de violents transports. Tantôt j'étais près de retourner sur mes pas ; tantôt je voulais rester, uniquement pour troubler le sacrifice. L'enfer me suscitait jusqu'à la pensée de me poignarder dans l'église et de mêler mes derniers soupirs aux vœux qui m'arrachaient ma sœur. La supérieure du couvent me fit prévenir qu'on avait préparé un banc dans le sanctuaire, et elle m'invitait à me rendre à la cérémonie, qui devait avoir lieu dès le lendemain.

« Au lever de l'aube, j'entendis le premier son des cloches... Vers dix heures, dans une sorte d'agonie, je me traînai au monastère.

Rien ne peut plus être tragique quand on a assisté à un pareil spectacle ; rien ne peut plus être douloureux quand on y a survécu.

« Un peuple immense remplissait l'église. On me conduit au banc du sanctuaire ; je me précipite à genoux sans presque savoir où j'étais ni à quoi j'étais résolu. Déjà le prêtre attendait à l'autel ; tout à coup la grille mystérieuse s'ouvre, et Amélie s'avance, parée de toutes les pompes du monde. Elle était si belle, il y avait sur son visage quelque chose de si divin, qu'elle excita un mouvement de surprise et d'admiration. Vaincu par la glorieuse douleur de la sainte, abattu par les grandeurs de la religion, tous mes projets de violence s'évanouirent ; ma force m'abandonna ; je me sentis lié par une main toute-puissante, et, au lieu de blasphèmes et de menaces, je ne trouvai dans mon cœur que de profondes adorations et les gémissements de l'humilité.

« Amélie se place sous un dais. Le sacrifice commence à la lueur des flambeaux, au milieu des fleurs et des parfums, qui devaient rendre l'holocauste agréable. À l'offertoire, le prêtre se dépouilla de ses ornements, ne conserva qu'une tunique de lin, monta en chaire, et, dans un discours simple et pathétique, peignit le bonheur de la vierge qui se consacre au Seigneur. Quand il prononça ces mots : "Elle a paru comme l'encens qui se consume dans le feu", un grand calme et des odeurs célestes semblèrent se répandre dans l'auditoire ; on se sentit comme à l'abri sous les ailes de la colombe mystique, et l'on eût cru voir les anges descendre sur l'autel et remonter vers les cieux avec des parfums et des couronnes.

« Le prêtre achève son discours, reprend ses vêtements, continue le sacrifice. Amélie, soutenue de deux jeunes religieuses, se met à genoux sur la dernière marche de l'autel. On vient alors me chercher pour remplir les fonctions paternelles. Au bruit de mes pas chancelants dans le sanctuaire, Amélie est prête à défaillir. On me place à côté du prêtre pour lui présenter les ciseaux. En ce moment je sens renaître mes transports ; ma fureur va éclater quand Amélie, rappelant son courage, me lance un regard où il y a tant de reproche et de douleur, que j'en suis atterré. La religion triomphe. Ma sœur profite de mon trouble ; elle avance hardiment la tête. Sa superbe chevelure tombe de toutes parts sous le fer sacré ; une longue robe d'étamine remplace pour elle les ornements du siècle sans la rendre moins touchante ; les ennuis de son front se cachent sous un bandeau de lin, et le voile mystérieux, double symbole de la virginité et de la religion, accompagne sa tête dépouillée. Jamais elle n'avait paru si belle. L'œil de la pénitente était attaché sur la poussière du monde, et son âme était dans le ciel.

« Cependant Amélie n'avait point encore prononcé ses vœux, et pour mourir au monde il fallait qu'elle passât à travers le tombeau. Ma sœur se couche sur le marbre ; on étend sur elle un drap mortuaire ; quatre flambeaux en marquent les quatre coins. Le prêtre, l'étole au cou, le livre à la main, commence l'Office des morts ; de jeunes vierges le continuent. Ô joies de la religion, que vous êtes grandes, mais que vous êtes terribles ! On m'avait contraint de me placer à genoux près de ce lugubre appareil. Tout à coup un murmure confus sort de dessous le voile sépulcral ; je m'incline, et ces paroles épouvantables (que je fus seul à entendre) viennent frapper mon oreille : "Dieu de miséricorde, fais que je ne me relève jamais de cette couche funèbre, et comble de tes biens un frère qui n'a point partagé ma criminelle passion !"

« À ces mots échappés du cercueil, l'affreuse vérité m'éclaire ; ma raison s'égare ; je me laisse tomber sur le linceul de la mort, je presse ma sœur dans mes bras ; je m'écrie : "Chaste épouse de Jésus-Christ, reçois mes derniers embrassements à travers les glaces du trépas et les profondeurs de l'éternité, qui te séparent déjà de ton frère !"

« Ce mouvement, ce cri, ces larmes, troublent la cérémonie : le prêtre s'interrompt, les religieuses ferment la grille, la foule s'agite et se presse vers l'autel ; on m'emporte sans connaissance.

« Que je sus peu de gré à ceux qui me rappelèrent au jour ! J'appris, en rouvrant les yeux, que le sacrifice était consommé et que ma sœur avait été saisie d'une fièvre ardente. Elle me faisait prier de ne plus chercher à la voir. Ô misère de ma vie ! une sœur craindre de parler à un frère, et un frère craindre de faire entendre sa voix à une sœur ! Je sortis du monastère comme de ce lieu d'expiation où des flammes nous préparent pour la vie céleste, où l'on a tout perdu comme aux enfers, hors l'espérance.

« On peut trouver des forces dans son âme contre un malheur personnel, mais devenir la cause involontaire du malheur d'un autre, cela est tout à fait insupportable. Éclairé sur les maux de ma sœur, je me figurais ce qu'elle avait dû souffrir. Alors s'expliquèrent pour moi plusieurs choses que je n'avais pu comprendre : ce mélange de joie et de tristesse qu'Amélie avait fait paraître au moment de mon départ pour mes voyages, le soin qu'elle prit de m'éviter à mon retour, et cependant cette faiblesse qui l'empêcha si longtemps d'entrer dans un monastère : sans doute la fille malheureuse s'était flattée de guérir ! Ses projets de retraite, la dispense du noviciat, la disposition de ses biens en ma faveur, avaient apparemment produit cette correspondance secrète qui servit à me tromper.

« Ô mes amis ! je sus donc ce que c'était que de verser des larmes pour un mal qui n'était point imaginaire ! Mes passions, si longtemps indéterminées, se précipitèrent sur cette première proie avec fureur. Je trouvai même une sorte de satisfaction inattendue dans la plénitude de mon chagrin, et je m'aperçus, avec un secret mouvement de joie, que la douleur n'est pas une affection qu'on épuise comme le plaisir.

« J'avais voulu quitter la terre avant l'ordre du Tout-Puissant ; c'était un grand crime : Dieu m'avait envoyé Amélie à la fois pour me sauver et pour me punir. Ainsi, toute pensée coupable, toute action criminelle entraîne après elle des désordres et des malheurs. Amélie me priait de vivre, et je lui devais bien de ne pas aggraver ses maux. D'ailleurs (chose étrange !) je n'avais plus envie de mourir depuis que j'étais réellement malheureux. Mon chagrin était devenu une occupation qui remplissait tous mes moments : tant mon cœur est naturellement pétri d'ennui et de misère !

« Je pris donc subitement une autre résolution ; je me déterminai à quitter l'Europe et à passer en Amérique.

« On équipait dans ce moment même, au port de B..., une flotte pour la Louisiane ; je m'arrangeai avec un des capitaines de vaisseau, je fis savoir mon projet à Amélie, et je m'occupai de mon départ.

« Ma sœur avait touché aux portes de la mort ; mais Dieu, qui lui destinait la première palme des vierges, ne voulut pas la rappeler si vite à lui ; son épreuve ici-bas fut prolongée. Descendue une seconde fois dans la pénible carrière de la vie, l'héroïne, courbée sous la croix, s'avança courageusement à l'encontre des douleurs, ne voyant plus que le triomphe dans le combat, et dans l'excès des souffrances l'excès de la gloire.

« La vente du peu de bien qui me restait, et que je cédai à mon frère, les longs préparatifs d'un convoi, les vents contraires, me retinrent longtemps dans le port. J'allais chaque matin m'informer des nouvelles d'Amélie, et je revenais toujours avec de nouveaux motifs d'admiration et de larmes.

« J'errais sans cesse autour du monastère, bâti au bord de la mer. J'apercevais souvent, à une petite fenêtre grillée qui donnait sur une plage déserte, une religieuse assise dans une attitude pensive ; elle rêvait à l'aspect de l'Océan où apparaissait quelque vaisseau cinglant aux extrémités de la terre. Plusieurs fois, à la clarté de la lune, j'ai revu la même religieuse aux barreaux de la même fenêtre : elle contemplait la mer, éclairée par l'astre de la nuit, et semblait prêter l'oreille au bruit des vagues qui se brisaient tristement sur des grèves solitaires.

« Je crois encore entendre la cloche qui, pendant la nuit, appelait les religieuses aux veilles et aux prières. Tandis qu'elle tintait avec lenteur et que les vierges s'avançaient en silence à l'autel du Tout-Puissant, je courais au monastère : là, seul au pied des murs, j'écoutais dans une sainte extase les derniers sons des cantiques, qui se mêlaient sous les voûtes du temple au faible bruissement des flots.

« Je ne sais comment toutes ces choses, qui auraient dû nourrir mes peines, en émoussaient au contraire l'aiguillon. Mes larmes avaient moins d'amertume, lorsque je les répandais sur les rochers et parmi les vents. Mon chagrin même par sa nature extraordinaire, portait avec lui quelque remède : on jouit de ce qui n'est pas commun, même quand cette chose est un malheur. J'en conçus presque l'espérance que ma sœur deviendrait à son tour moins misérable.

« Une lettre que je reçus d'elle avant mon départ sembla me confirmer dans ces idées. Amélie se plaignait tendrement de ma douleur et m'assurait que le temps diminuait la sienne. "Je ne désespère pas de mon bonheur, me disait-elle. L'excès même du sacrifice, à présent que le sacrifice est consommé, sert à me rendre quelque paix. La simplicité de mes compagnes, la pureté de leurs vœux, la régularité de leur vie, tout répand du baume sur mes jours. Quand j'entends gronder les orages et que l'oiseau de mer vient battre des ailes à ma fenêtre, moi, pauvre colombe du ciel, je songe au bonheur que j'ai eu de trouver un abri contre la tempête. C'est ici la sainte montagne, le sommet élevé d'où l'on entend les derniers bruits de la terre et les premiers concerts du ciel; c'est ici que la religion trompe doucement une âme sensible : aux plus violentes amours elle substitue une sorte de chasteté brûlante où l'amante et la vierge sont unies; elle épure les soupirs, elle change en une flamme incorruptible une flamme périssable, elle mêle divinement son calme et son innocence à ce reste de trouble et de volupté d'un cœur qui cherche à se reposer et d'une vie qui se retire."

«Je ne sais ce que le ciel me réserve, et s'il a voulu m'avertir que les orages accompagneraient partout mes pas. L'ordre était donné pour le départ de la flotte; déjà plusieurs vaisseaux avaient appareillé au baisser du soleil; je m'étais arrangé pour passer la dernière nuit à terre, afin d'écrire ma lettre d'adieux à Amélie. Vers minuit, tandis que je m'occupe de ce soin et que je mouille mon papier de mes larmes, le bruit des vents vient frapper mon oreille. J'écoute, et au milieu de la tempête je distingue les coups de canon d'alarme mêlés au glas de la cloche monastique. Je vole sur le rivage où tout était désert et où l'on n'entendait que le rugissement des flots. Je m'assieds sur un rocher. D'un côté s'étendent les vagues étincelantes, de l'autre les murs sombres du monastère se perdent confusément dans les cieux. Une petite lumière paraissait à la fenêtre grillée. Était-ce toi, ô mon Amélie! qui, prosternée au pied du crucifix, priais le Dieu des orages d'épargner ton malheureux frère? la tempête sur les flots, le calme dans ta retraite; des hommes brisés sur des écueils, au pied de l'asile que rien ne peut troubler; l'infini de l'autre côté du mur d'une cellule; les fanaux agités des vaisseaux, le phare immobile du couvent; l'incertitude des destinées du navigateur, la vestale connaissant dans un seul jour tous les jours futurs de sa vie; d'une autre part, une âme telle que la tienne, ô Amélie, orageuse comme l'Océan; un naufrage plus affreux que celui du marinier: tout ce tableau est encore profondément gravé dans ma mémoire. Soleil de ce ciel nouveau, maintenant témoin de mes larmes, échos du rivage américain qui répétez les accents de René, ce fut le lendemain de cette nuit terrible qu'appuyé sur le gaillard de mon vaisseau je vis s'éloigner pour jamais ma terre natale! Je contemplai longtemps sur la côte les derniers balancements des arbres de la patrie et les faites du monastère qui s'abaissaient à l'horizon.»

Comme René achevait de raconter son histoire, il tira un papier de son sein, et le donna au père Souël, puis, se jetant dans les bras de Chactas et étouffant ses sanglots, il laissa le temps au missionnaire de parcourir la lettre qu'il venait de lui remettre.

Elle était de la supérieure de... Elle contenait le récit des derniers moments de la sœur Amélie de la Miséricorde, morte victime de son zèle et de sa charité en soignant ses compagnes attaquées d'une maladie contagieuse. Toute la communauté était inconsolable et l'on y regardait Amélie comme une sainte. La supérieure ajoutait que, depuis trente ans qu'elle était à la tête de la maison, elle n'avait jamais vu de religieuse d'une humeur aussi douce et aussi égale, ni qui fût plus contente d'avoir quitté les tribulations du monde.

Chactas pressait René dans ses bras; le vieillard pleurait. «Mon enfant, dit-il à son fils, je voudrais que le père Aubry fût ici; il tirait du fond de son cœur je ne sais quelle paix qui, en les calmant, ne semblait cependant point étrangère aux tempêtes: c'était la lune dans une nuit orageuse. Les nuages errants ne peuvent l'emporter dans leur course; pure et inaltérable, elle s'avance tranquille au-dessus d'eux. Hélas! pour moi, tout me trouble et m'entraîne!»

Jusque alors le père Souël, sans proférer une parole, avait écouté d'un air austère l'histoire de René. Il portait en secret un cœur compatissant, mais il montrait au dehors un caractère inflexible; la sensibilité du Sachem le fit sortir du silence:

«Rien, dit-il au frère d'Amélie, rien ne mérite dans cette histoire la pitié qu'on vous montre ici. Je vois un jeune homme entêté de chimères, à qui tout déplaît, et qui s'est soustrait aux charges de la société pour se livrer à d'inutiles rêveries. On n'est point, monsieur, un homme supérieur parce qu'on aperçoit le monde sous un jour odieux. On ne hait les hommes et la vie que faute de voir assez loin. Étendez un peu plus votre regard, et vous serez bientôt convaincu que tous ces maux dont vous vous plaignez sont de purs néants. Mais quelle honte de ne pouvoir songer au seul malheur réel de votre vie sans être forcé de rougir! Toute la pureté, toute la vertu, toute la religion, toutes les couronnes d'une sainte rendent à peine tolérable la seule idée de vos chagrins. Votre sœur a expié sa faute; mais, s'il faut ici dire ma pensée, je crains que, par une épouvantable justice, un aveu sorti du sein de la tombe n'ait troublé votre âme à son tour. Que faites-vous seul au fond des forêts où vous consumez vos jours, négligeant tous vos devoirs? Des saints, me direz-vous, se sont ensevelis dans les déserts. Ils y étaient avec leurs larmes, et employaient à éteindre leurs passions le temps que vous perdez peut-être à allumer les vôtres. Jeune présomptueux, qui avez cru que l'homme se peut suffire à lui-même, la solitude est mauvaise à celui qui n'y vit pas avec Dieu; elle redouble les puissances de l'âme en même temps qu'elle leur ôte tout sujet pour s'exercer. Quiconque a reçu des forces doit les consacrer au service de ses semblables: s'il les laisse inutiles, il en est d'abord puni par une secrète misère, et tôt ou tard le ciel lui envoie un châtiment effroyable.»

Troublé par ces paroles, René releva du sein de Chactas sa tête humiliée. Le Sachem aveugle se prit à sourire, et ce sourire de la bouche, qui ne se mariait plus à celui des yeux, avait quelque chose de mystérieux et de céleste. «Mon fils, dit le vieil amant d'Atala, il nous parle sévèrement; il corrige et le vieillard et le jeune homme, et il a raison. Oui, il faut que tu renonces à cette vie extraordinaire qui n'est pleine que de soucis: il n'y a de bonheur que dans les voies communes.

«Un jour, le Meschacebé, encore assez près de sa source, se lassa de n'être qu'un limpide ruisseau. Il demande des neiges aux montagnes, des eaux aux torrents, des pluies aux tempêtes, il franchit ses rives, et désole ses bords charmants. L'orgueilleux ruisseau s'applaudit d'abord de sa puissance; mais, voyant que tout devenait désert sur son passage, qu'il coulait abandonné dans la solitude, que ses eaux étaient toujours troublées, il regretta l'humble lit que lui avait creusé la nature, les oiseaux, les fleurs, les arbres et les ruisseaux, jadis modestes compagnons de son paisible cours.»

Chactas cessa de parler, et l'on entendit la voix du flamant qui, retiré dans les roseaux du Meschacebé, annonçait un orage pour le milieu du jour. Les trois amis reprirent la route de leurs cabanes: René marchait en silence entre le missionnaire, qui priait Dieu, et le Sachem aveugle, qui cherchait sa route. On dit que, pressé par les deux vieillards, il retourna chez son épouse, mais sans y trouver le bonheur. Il périt peu de temps après avec Chactas et le père Souël dans le massacre des Français et des Natchez à la Louisiane. On montre encore un rocher où il allait s'asseoir au soleil couchant.

Table des matières

Achevé d'imprimer en Italie par Grafica Veneta
en août 2018
Dépôt légal janvier 2014
EAN 9782290078402
OTP L21ELLN000567C003

—

Ce texte est composé en Lemonde journal et en Akkurat

—

Conception des principes de mise en page :
mecano, Laurent Batard

—

Composition : PCA

—

ÉDITIONS J'AI LU
87, quai Panhard-et-Levassor, 75013 Paris
Diffusion France et étranger : Flammarion

1099